賣故事的人

吳子雲
——
著

－序－

是的，我是

七年沒寫書了，回頭看了看這七年我做了些什麼。

我參與了好幾部戲跟電影的編劇工作，我拍了一部Netflix影集，我做了一個Podcast節目（台哥頭殼），我還開了一間充滿爆笑故事的烤饅頭店。

結果，我還是在賣故事。

吳子雲

二〇二四年四月於臺北的家

目次

序——是的，我是 3

仰望—— 6

他不停地繞圈圈，心想著這五年到底發生了多少事，為什麼剛剛那個人明明是自己從小到大最熟悉的人，卻有一種陌生感？他記得的是那個在音樂班的小女生，是那個在管樂隊的長笛手，是那個坐在計程車後座回頭看著他揮手說再見的清秀女孩，不是這個染紅頭髮說著一口流利美國腔英文的女孩子。

媽媽—— 78

我知道，我就是恐怖份子，而她是政府，政府絕不跟恐怖份子談判，至於理由，恐怖份子聽過，但永遠不會懂。

即便如此，我依然崇拜她。

我崇拜她崇拜得要命，她也一直留在讓我崇拜的距離。像個明星，璀璨亮麗，光束聚焦，站在台上高歌；我在搖滾區，眼裡只看見她正在發亮。一曲唱罷，她華麗轉身下台，我的掌聲把自己淹沒。

而偶像是不能隨便跟人擁抱的。

我只是忘了錢包跟手機

我在警車閃爍的警燈縫隙中，看到我太太抱著熟睡的孩子，在保全叔叔的引導下朝我走過來，我的眼淚差點噴出來，還好我有忍住。

「你怎麼弄成這樣？」我太太皺著眉頭，怔怔地問我，眼神像在看著一個不認識的人。

「妳先生喔……」一九〇警察在旁邊搭腔，「今天晚上的故事可精彩了。」

我太太一聽，一臉不可置信地看著我，「你到底是發生什麼事？」

我一聽，想了一下，突然笑了出來。

「我只是忘了錢包跟手機。」我說。

146

賣故事的人

阿魯算有點才華吧。

唱歌還不錯，文筆很頂尖，從小成績好，書也看不少，知識量算多，朋友卻很少，本來他覺得未來應該去當個工程師之類的，畢竟他大學主修跟ＩＴ有關，但是那個花了他七個月才追到的女朋友在交往六個月後就跟別人在他宿舍上床，還把保險套包裝丟在他的桌腳邊……

於是他成了小說家，出了第一本小說，賣的是自己這次失戀的故事，因而大紅。

他在網路上寫過一句名言，轉載次數數以萬計，載到後來都沒人記得那句話到底是誰寫的了。

他說：「最完美的死亡，是沒有任何人知道你去哪裡，包括地獄。」

224

阿魯的網路硬碟裡面有幾十個資料夾，有些資料夾有命名，有些資料夾只用數字編號。有命名的資料夾中有一半左右是已經接近完稿的作品，另一半則像是筆記，或是重點整理，或者應該說是很粗糙的大綱。

感覺像在看雕刻家好幾個未完成的作品，有些完成度比較高，你看得出來他想雕什麼，有些則呈現不規則的形狀，他沒刻到一個程度便無法分辨。

其中有個名叫「已完成」的資料，裡面有幾個子資料夾，都是有命名的。

〈仰望〉是其中一篇。

仰望

他不停地繞圈圈，心想著這五年到底發生了多少事，為什麼剛剛那個人明明是自己從小到大最熟悉的人，卻有一種陌生感？他記得的是那個在音樂班的小女生，是那個在管樂隊的長笛手，是那個坐在計程車後座回頭看著他揮手說再見的清秀女孩，不是這個染紅頭髮說著一口流利美國腔英文的女孩子。

一 ◀◀◀

你患了猶豫，我患了等待，
猶豫的我們，等到什麼未來，
人仰望星星，我仰望著你，
曾經是你的曾經，想跟你說，我很榮幸。

這個故事的男主角叫胡硯舜，女主角叫劉尹珊。
他們同年生，一九九二年。
女生八月二十二號生，獅子座。

男生八月二十三號生，處女座。

他們國小同校但不同班。

兩個人會認識是因為胡硯舜騎腳踏車沒在看路而是在看天，然後他聞到一陣香味，伴隨著一聲「啊——」，劉尹珊已經飛到水溝裡，還摔破頭，他則是除了頭上腫了一個包之外，幾乎毫髮無傷。

劉尹珊的爸爸是個軍人，她的阿公也是個軍人，劉尹珊在醫院檢查腦震盪的時候，兩個軍人穿著軍裝跑到醫院來，後面還跟著幾個穿迷彩服的阿兵哥，那些是阿公的侍從兵。他們先關心劉尹珊的狀況之後，馬上就問罪魁禍首是誰，罪魁禍首的爸媽當場鞠躬道歉，並且承諾會賠償所有醫藥費。

肩膀上一顆星星（少將）的阿公說：「我不在乎醫藥費，我要那傢伙出來面對。」

肩膀上兩條槓（中尉）的爸爸說：「把我女兒搞到破相，我看你們怎麼賠？」

罪魁禍首的爸爸是個機車行老闆，媽媽在自助餐廳當炒菜廚師，兩個人的收入加起來可能都還沒一個阿公多，他們這下不知道該賠多少，只能愁眉苦臉地不停道歉，重中會負起相關責任。

而罪魁禍首那個時候在家附近的電動玩具店打格鬥天王2000，他以為把人送到醫院就沒事了。其實事情發生當下，他立刻跳到水溝裡把人救起來，而且不停道歉，他拿出手帕叫劉尹珊自己壓住額頭的傷口止血，他則又跳進水溝去救劉尹珊的書包，還有一個奇怪的黑色長方形盒子。

他救回書包跟長方形盒子後，發現劉尹珊的鞋帶是鬆的，他讓她靠樹坐著，替她綁上鞋帶，她說了聲謝謝，他比了一個OK的手勢，「不客氣，綁鞋帶我超強的。」他說。

接著他禮貌地請圍觀的大人打電話叫救護車，其中一個大人認識他的爸爸，打了電話給胡爸爸說：「欸，機車胡啊，你兒子撞到人了！」

胡爸爸這時正在拆一台機車的引擎，這引擎他從中午拆到下午，連飯都忘記吃，拆到他整個火都上來了，他拿起旁邊的破布，擦了擦手上的機油，一張嘴就破口大罵，「幹你娘詐騙集團死全家！」

在掛掉電話後才覺得奇怪，「咦？為什麼詐騙集團知道我叫機車胡？」

「那不應該叫水溝，因為那比水溝還大，應該叫……大一點的水溝……嗎？」在醫院裡，胡硯舜還在跟護理師解釋劉尹珊掉到哪裡去時，劉尹珊已經被推進急診室了，畢竟她滿臉是血，看起來滿嚴重的。

很快地，胡硯舜的媽媽先到了，她是個疼愛兒子的母親，雖然沒看到劉尹珊的傷，但從兒子的轉述中也知道撞到頭非同小可，她開始口中唸唸有詞，祈禱菩薩保佑裡面的小女生千萬別有事，至於闖禍的兒子，她就算氣到冒煙也不知道要罵什麼，畢竟事情都發生了。

胡媽媽一直都是這樣的，她並不是脾氣好，而是拿兒子沒辦法，她也試著體罰過，但她深知打罵根本沒用，從小胡硯舜就很皮很會闖禍，雖然事情都沒太大條，卻也夠她煩的了。

胡爸爸就不一樣了，他從小就被打到大，自認沒走什麼歪路是因為打罵有效果，所以當胡硯舜闖禍時，他總是先打再說。

於是，當胡爸爸趕到醫院時，連問都還沒問就直接給兒子幾巴掌。胡硯舜被打到兩邊耳朵嗡嗡叫，臉上還留著幾條來自父親手指黑黑的油印，沒幾秒鐘，臉就腫起來了，爸爸在眼前破口大罵什麼他都聽不清楚，像是在水裡或是厚棉被裡說話一樣，他只是看著爸爸嘴巴在動，眼神看起來像是要殺了他，而旁邊的媽媽一直在阻止爸爸，要爸爸冷靜一點，等到嗡嗡聲開始消退，他才聽到爸媽說什麼。

「一天到晚給我出狀況，拎娘咧早知道把你射在馬桶裡！」爸爸說。

「當初是誰一定要射裡面的你還敢講？這裡是醫院你不要這樣大吼大叫！」媽媽說。

胡硯舜聽爸媽在那邊講什麼射來射去的他都聽不懂。

當然後來長大後他就知道了。

胡媽媽叫他先回家，不然留在那邊遲早被爸爸打死，所以胡硯舜騎上肇事的腳踏車，照慣例去家附近的電動玩具店報到。以他的實力，隨便都可以打到最後一關的，但那天不知道為什麼，連第三關都過不了。

他心裡有點擔心剛剛闖的禍，他不知道那個同學怎麼樣了。

幸好劉尹珊沒什麼大礙，沒有腦震盪也沒有內出血，都是皮外傷。胡硯舜晚上十點多因為良心不安睡不著覺於是偷溜出門跑到醫院，路上還先在全家便利商店買了一條七七乳加巧克力，因為他陪爸媽去醫院探視過病人，知道去醫院探病不能空手去。

他來到急診，問了護理師，迷路了兩分鐘，在接近角落的地方找到了簾子上寫著四十一號的病床。他撥開床簾，發現裡面坐著一個女性，她是劉尹珊的媽媽。胡硯舜向劉媽媽鞠躬行禮，說了聲阿姨好，劉媽媽點頭微笑回禮，問他。

「你是尹珊的同學？」

「我……」胡硯舜還在想怎麼說明。

「他是撞我的那個人。」躺在床上的尹珊幫他回答了。

「呃……對，害她受傷我覺得很不好意思，所以買了這個來，順便看看她有沒有怎樣。」他拿出七七乳加，放到劉尹珊的手邊。

劉尹珊看了一下巧克力，又看了媽媽一眼，媽媽點頭，劉尹珊才敢收下。

「謝謝你，孩子，」劉媽媽說：「你真有心，尹珊沒事，醫生說住院觀察一天，明天就可以回家了。」

胡硯舜看劉尹珊額頭包著紗布，因為臉上的傷擦了碘酒，整張臉紅通通，還腫到臉歪一邊，他心裡很過意不去，他向劉尹珊鞠躬，「對不起，我不是故意的。」

「你為什麼會撞到我？」

「我……我那時候……沒在看路……」

「那你在看哪裡？」

「我在看天上。」

「為什麼要看天上？」

「因為……」

「因為？」

「因為……」

「你說啊。」

「因為……我在讓下巴吹風……」

「蛤？」

「反正……我就沒在看路，所以沒看到妳……對不起……」

劉尹珊等了五秒，才慢慢說：「沒關係我原諒你。」

「妳是幾年幾班的？」

「三年七班。」

「妳音樂班的喔？」

「對。」

「我是三年一班的，我叫胡硯舜。」

「我叫劉尹珊。」

「劉……商？」

「珊。」

「商？」

「珊。」

「商？」

「你發音可以標準一點嗎？」

「我有唸錯嗎？」

「你沒唸錯我幹嘛一直糾正你？」

「哪個尹哪個商啊？」

劉尹珊乾脆坐起身來，拿出書包裡因為泡到水所以邊緣有點爛爛的課本，指著上面的名字，拿給胡硯舜看。

「中間那個字唸ㄧㄣˇ喔？」

「對，不要唸成一，拜託。」

「尹商？」

「珊。」

「商？」

「ㄕ……算了，你可以回去了。」

「喔……好。」

「再見慢走不送。」劉尹珊重重躺回病床。

胡硯舜跟劉媽媽鞠躬道別，也跟劉尹珊鞠躬道別。離開時邊走邊在那邊「ㄕ……ㄤ……ㄢ……ㄕ……商……啊……可惡……」然後後面傳來劉尹珊的聲音，「珊啦！」

「喔！珊！對嗎？」遠遠地，他回頭看向劉尹珊的病床，劉尹珊舉起手比了一個讚。

胡硯舜終於第一次唸對了，他竟然莫名開心地笑了起來。

騎車回家的一路上，他就一直唸著：「珊、珊、珊、珊、珊、珊……」

然後，這輩子，他就沒再唸錯過了。

我在讓下巴吹風。

二

從掉水溝意外發生後到小學畢業，胡硯舜不知道送給劉尹珊多少七七乳加。

他覺得這是一種賠罪。

直到有一天他忘了從哪裡聽來的，送巧克力給女生是一種情意的傳達，而女生收下就是接受，於是他開始散播她是他女朋友的謠言。

這個謠言沒有止於智者，因為國小生沒有智者，但多的是胡硯舜這樣的智障和他一群智障同學，這謠言就這樣延續到了國小畢業，以為那就是終點。

不，終點還很遙遠。

他們兩人又因為同一學區而就讀同一所國中，還是隔壁班，這次月老把他們排得更近了。

「什麼月老啦？你不要再亂講了。」她其實覺得很困擾。

「這次不是我講的啦！」他一臉冤枉。

「不然是哪個智障？」

「葉少彬。」他說，葉少彬跟他是國小同班，國中又同班的另一個智障。

「可惡，你們都離我遠一點。」她鄭重警告。

但這個警告沒有起什麼作用。葉少彬的爸爸是里長，里辦公室有一支大聲公，葉少彬把大聲公拿到學校玩，胡硯舜一看見大聲公，突然玩興一起，他打算找機會捉弄劉尹珊。

於是在其中一節下課後，他們一起拿著大聲公，尾隨劉尹珊跟她的死黨錢佳燕來到福利社，抓到機會之後把大聲公打開，當場開啟廣播，「來喔來喔借過喔，胡硯舜的女朋友劉尹珊要結帳了喔，請各位同學稍微禮……」

「讓」字還沒講出來，大聲公已經被劉尹珊奪過去，她怒瞪葉少彬和胡硯舜，然後把大聲公重摔落地，巨大聲響驚動了在場所有人，大家就像時間暫停一樣，全都不動了，下課時的福利社從來沒這麼安靜過，全部目光就看著主角三人會有什麼反應。

劉尹珊怒瞪兩人一眼，轉頭就走。

死黨錢佳燕指著他們說：「喲——你們慘了。」然後跟上劉尹珊的腳步。

葉少彬撿起壞掉的大聲公，指著胡硯舜，「喲——你慘了。」結果轉頭看到班導師站在福利社門口，「來，你們都慘了。」

「老師，我們是開玩笑的。」在導師辦公室裡，葉少彬這麼說。

「劉尹珊，妳覺得他們是開玩笑的嗎？」

劉尹珊思考了一下，搖搖頭，「不是，」她說。

「對不起，以後不會了。」胡硯舜跨出一步向她鞠躬道歉，過了一秒，葉少彬比照辦理。

「妳要原諒他們嗎？」老師問。

劉尹珊又思考了一下，又搖搖頭，「不要，」她說。

於是他們出現在放學後的廁所裡，拿著刷子，刷著不太可能清理乾淨的陳年尿漬，濃重的清潔劑味道讓他們的頭有點暈，尤其是胡硯舜，他對這種味道過敏，整個人冷汗直流。

直到他聽見音樂聲從十公尺外的管樂隊練習教室傳來。管樂隊正在利用放學後的時間練習，而其中一員就是劉尹珊。

胡硯舜知道劉尹珊還在生氣，所以不敢過去看，但葉少彬那個智障已經跑到門口大大方方地欣賞。演奏結束後，葉少彬用力鼓掌，引來整個管樂隊的目光，還有劉尹珊的白眼。

那天晚上，胡硯舜又帶著七七乳加到劉尹珊家按電鈴，但她拒絕下樓，他也不想離開，於是兩個人就僵在那裡，一個在六樓的陽台上，一個在社區大門的外面，兩人就這樣互看，直到開始下雨。

「下雨了，你快回去。」

「我不要。」

「不要什麼啦，快走啦！」

「不要。」

「巧克力放在我家信箱就好，你快走。」

「不要。」

「你到底要怎樣？」

「妳下來。」

「我不要！」

「妳快點下來。」

「下去幹嘛啦?我不要!」

就這樣,一個要對方回家,對方不要;另一個要對方下樓,對方不要。兩個人就在那邊一直跳針地不要不要,直到雨愈來愈大。

然後她撐著傘下樓了,終究還是不太忍心。當她拿著傘遮住胡硯舜頭上的時候,雨打在傘上的聲音,吃掉了她的氣話。

「天啊胡硯舜我真的開始討厭你了……」她用連她自己都沒聽清楚的聲音喃喃著。

只是奇怪的是,他聽清楚了,好清楚、超清楚,像用音響播放的一樣清楚。

「沒差,我喜歡妳就好。」他微笑說。

「蛤?」她張大嘴巴。

他搖搖頭,不打算說第二次。「妳香香的。」他轉移話題。

「我剛洗完澡。」

「喔!難怪妳不想下樓。」

「對,我真的被你氣死。」

「巧克力給妳。」

「我還會被你的巧克力害到胖死。」

「對不起。」

「好啦。」

「對不起。」

「我聽到了。」

「對不起。」

「你是要講幾次？」

「講到妳原諒我。」

「該來道歉的是葉少彬吧，他真的很無聊。」

「呃……」他心虛了一下，但隨即泯滅了良心，「對，沒錯，我叫他來。」

「不用了謝謝。」

「妳摔爛的大聲公，是他爸爸的。」

「我才不管那是誰的，總之不要再亂傳謠言了。」

「如果是的話，可以講嗎？」

「是什麼？」
「如果妳是我女朋友的話。」
「你喜歡把這種私事昭告天下？」
「不好嗎？」
「哪裡好？」
「我不知道。」
「總之，我們是朋友，OK？」
「好。」
「記住喔！」
「記住了。」
「拜拜。」
「再見。」
她跑回社區關上大門，他依然站在原地。
她回到家裡又跑到陽台，他果然還沒走。
兩個人就這樣靜靜地相望。

他突然想學電影那樣在雨中大聲向她告白，隨即陷入猶豫。

她突然意識到他是不是想要雨中告白，然後開始等待。

過了一會兒，他舉起手，大聲說了一句：「拜拜！」

她一股無名火上升，「快滾！笨蛋！」說完就走進家裡，並且用力關上陽台落地窗。

那天晚上，他輾轉難眠，他不知道為什麼說拜拜會惹她生氣。

另一方面，她也輾轉難眠，她不知道為什麼那節骨眼他竟然說的是拜拜。

後來，他跟葉少彬提起這件事，葉少彬一臉很懂的表情看著他，「你沒聽過女人心海底針這句話嗎？」葉少彬說。

「天啊這麼老的詞是誰跟你說的？」

「我爸。」

「喔難怪……」

葉少彬表情戲謔，「我爸交過十七個女朋友，結過三次婚，表示他一共有二十次機會，二十次都沒搞懂，你就知道女人有多難懂了。」

「所以你懂嗎？」

「我知道女生會長胸部、沒雞雞、會懷孕、一個月有七天會失血，這樣算懂嗎？」

「嗯……大概跟我差不多吧。」胡硯舜認真思考後回答。

「這樣算可以了吧？」

「滿多的了我覺得。」

「我也覺得……」

嗯，滿多了。

三

那個奇怪的黑色長方形的盒子，裡面放的是白銅鍍銀的長笛，那是劉尹珊在音樂班和管樂隊裡專攻的樂器，但她最拿手的其實是鋼琴。

她的人生早就有目標了。

劉媽媽本身就是個鋼琴老師，劉尹珊三歲就開始學琴，到國小三年級時，也就是被胡硯舜撞到水溝裡那年，她已經學了六年，而且天賦很好。劉媽媽曾經跟朋友說，如果劉尹珊願意不停地練下去，很可能成為一位女鋼琴家。

鋼琴家，劉尹珊人生的第一個目標。

在她還不明白什麼是鋼琴家的時候，她就跟媽媽說想成為鋼琴家，因為她從小開始參加鋼琴比賽，她很享受台下坐滿人聆聽她彈琴的感覺，中國鋼琴家朗朗出演奏專輯時，她更希望有一天能有張專輯上面印的是自己的名字。

上了國中，因為同儕的關係，她接觸到許多流行音樂，西洋的、國語的、粵語的都有，直到錢佳燕叫她聽周杰倫。

跟絕大多數的周杰倫粉絲不一樣，她迷上的不是他的歌聲，而是他在音樂上的突破，周杰倫將流行音樂帶往一個新的層次，而那是她深深嚮往的。

二〇〇七年，她十五歲生日那天跟媽媽許了一個願望，她想要一張周杰倫演唱會的門票，劉媽媽動用了所有可能的人脈買到兩張，同年十月在板橋體育館裡，一生都沉浸在古典音樂中的劉媽媽，在滿場三萬人的歡騰，以及周杰倫極為創新的倫式音樂轟隆聲中，她看見女兒眼裡迸發的光芒。

回家路上，劉尹珊口中不停哼著周杰倫歌曲的「旋律」，手指頭彈著空氣鋼琴，偶爾一些即興的變調，還有她打從靈魂深處笑出來的表情，讓劉媽媽心裡有了答案，她知道她苦心栽培、一心一意想讓她往鋼琴演奏家的路前進而練了十二年鋼琴的女兒，不會留在古典音樂裡了。

劉尹珊想追求的，不是胡硯舜能懂的世界。

就像他在學校的歌唱比賽中，看著台上正在高歌的劉尹珊，明明只有十幾公尺的物理距離，卻像永遠也走不到一樣。劉尹珊在音樂方面的天分也含括歌唱在內，甚至還包含了不會怯場的膽量。

「妳都不會怕嗎？」胡硯舜這樣問著。

「怕什麼？」

「在全校面前唱歌啊。」

「為什麼要怕？」

「全校耶！」

「對啊。」

「唱歌耶！」

「對啊。」

「妳都不會怕嗎？」

「怕什麼？」

「我剛剛說了啊。」

「我知道啊，但是要怕什麼？是怕全校還是怕唱歌？」

「都要怕吧？」

「這就是我不懂的啊，為什麼要怕？」

「那不要說怕好了，妳不緊張嗎？」

「不會啊。」

「萬一破音怎麼辦？」

「那就破音啊。」

「很丟臉啊。」

「但我就不會破音啊。」

「為什麼妳不會破音？」

「因為我沒有選會破音的歌啊。」

她趁機給他上了一課。

「就像你去參加電競比賽，你會選你最拿手的角色吧？」

「對啊。」

「就是這個道理啊，」劉尹珊吸了一口氣，「不管你要做什麼，選好了，就盡全力。」

「萬一失敗了呢？」

「失敗再繼續啊，又沒有人一直成功的。」

「周杰倫就一直成功啊。」

「那是他失敗的時候你沒看到。」

不管你要做什麼，選好了，就盡全力。

這句話像是西藏山上的大鐘聲，在胡硯舜的腦海中嗡嗡嗡。

其實胡硯舜也是那個選好了就盡全力的人，只是他選的路在父母眼中是條死路，而且走沒幾步就會撞牆。他參加過世紀帝國和星海爭霸的電競比賽，而且打到了全國八強，只是爸媽一句話就讓他斷了後路。

「我們有讓你去比賽了喔，現在比完了，該念書了吧？」胡媽媽說。

他沒有失敗了再繼續的機會，而他的失敗，父母親看到了。

他想過，如果自己的父母像劉媽媽一樣，或許自己的失敗，會是下一個機會的開始，但他姓胡，不姓劉，劉媽媽是鋼琴老師，他爸爸是修車師傅。

就在國三基測將要開始的時候，劉尹珊決定出國學習編曲，不管劉媽媽怎麼告訴她，古典跟創作是完全不一樣的世界，就像會開車不表示會開賽車，雖然都是音樂，但原理大不相同，周杰倫只有一個。

但是她選好了，她想寫歌，她想創作，她的目標是當歌手。選好了，就盡全力。

她提出自己的想望，多次與家裡商量、討論、溝通，甚至革命，直到父母與她各自妥協、各退一步，她可以出國跟外國老師學習編曲，但劉媽媽要跟在身邊。

出國前的晚上，吃過晚飯後，她看著整理好的房間，和三個大行李箱，跟自己說了一聲「妳要加油」，這時她眼角瞥見那個黑色長方形的盒子，心裡萌生了一個念頭。

她騎著腳踏車來到胡硯舜家，胡硯舜正坐在騎樓裡那待售了三個月還沒賣掉的摩托車上，看著停在他大腿上的那隻蚊子什麼時候吸飽他的血，他準備要一巴掌送牠上西天，他要牠血債血償。

「蚊子很好看？」她說。他抖了一下，蚊子飛走了。

「啊幹。」他看著蚊子往天花板的燈飛去，嘖了一聲，「妳幹嘛啦？」

「看你看蚊子啊。」

「我本來要打死牠，結果妳害牠飛走了啦，浪費我一cc的血！」

「放心，那絕對不到一cc。」

「至少有〇．五cc啊。」

「那你為什麼不快把牠打死，還要浪費那〇．五cc？」

因為血債血償太蠢了，「我爽啊！」所以他這樣回答，「妳來幹嘛？拿這東西做什麼？」

「拿來給你。」

「那不是妳的長笛嗎？給我幹嘛？」

「我要給你一個功課。」

「嫌學校作業不夠多？」

「我要你學會吹一首歌。」

「什麼歌？」

「頒獎歌。」

「蛤？」他想了一下，「『沒什麼了不起，沒什麼了不起』那個喔？」

「對啊。」

「為什麼？」

「因為我要你在我回國的時候，在機場吹這首歌接我。」

「回國？機場？妳要去哪裡？」

「美國。」

「開什麼玩笑？不用基測喔？」

「不用。」

「為什麼？」

「我放棄了。」

「這可以放棄？這麼好？我也要。」

「要個屁！」在店裡看電視的胡爸爸搭腔了，「人家放棄是因為要出國深造音樂，你拿什麼學人家放棄？」

「為什麼連我爸都知道妳要出國？」

「我媽有說吧我猜。」

他突然不知道要說什麼，感覺有些混亂，心裡空了一塊，像掉了什麼東西，知道它就在那裡卻撿不回來。她看見他的反應，也不知道該說什麼，她知道自己非去不可，卻很矛盾地期待他能說句話，例如「妳能不能留下來」之類的。

沉默了一會兒，他開口了：「為什麼這種事我會最後一個知道？」

看著他的眼睛，她知道他不會挽留了。「因為我不知道怎麼跟你講。」

「直接講啊不然怎麼講？拿麥克風喔？」他不知道為什麼有些情緒。

「你看，你就是這個反應，我才不知道怎麼跟你講。」她也有了情緒。

「不然我要有什麼反應？很開心嗎？」

「祝福我順利不好嗎？」

「哪裡好？身為妳的男朋友，我為什麼會最後一個知道？」

「你從小學造謠到現在是夠了沒，連我媽都在問。」

「就跟妳媽說是啊。」

「啊就不是啊！」

「妳收了我那麼多巧克力還說不是？」

「誰說收了巧克力就是啊？」

「很多人說啊！」

「誰啊？」

「哈哈哈哈哈哈哈哈！」胡爸胡媽在店裡笑了出來，「這樣就是男朋友？哈哈哈哈哈哈哈……」

「我跟女朋友講話沒你們的戲，不要吵！」

「你再這樣的話我就要回家了。」

「好啊妳回家啊。」

她看著他……不，是瞪著他，「你確定？」

「確定啊。」

「你不要後悔喔。」

「不會後悔。」

「好，你說的。」

十五歲的年紀，半個大人，半個孩子。

胡硯舜裝作一點都不在乎的模樣，假裝找起剛剛那隻蚊子；劉尹珊生著悶氣騎上腳踏車，伴著齒輪轉動的聲音，慢慢消失在遠方的路燈下。

他就這樣看著她的背影，心裡後悔得要死，卻沒有追上去。

深夜，他睡不著，後悔像蟲子一樣爬滿他的全身。

他去試圖搖醒沉睡中的胡爸爸，一邊搖一邊問：「爸，你知道劉尹珊是幾點的飛機嗎？」他搖了好久，胡爸爸始終保持著同一個姿勢，鼾聲持續大作，這時被他吵到睡不著的胡媽媽說：「你吵死了啦！人家搭半夜一點半的飛機啦！」

他愣在原地，花了一點時間思考為什麼他明明是小聲講話，媽媽卻說他吵死了，而爸爸的鼾聲大到像打雷，媽媽卻睡得很好。

但他來不及了，已經晚上十點了。

他衝到一樓，打開家裡電捲門，騎上那輛賣了三個月還賣不出去的摩托車，直奔劉尹珊她家，雖然只有五分鐘路程，卻像在天邊一樣遠，他口中不停祈禱，「拜託還沒出門！拜託還沒出門！」

然後他就被警察追了，因為他忘了戴安全帽，而且在警笛聲響起之後，他完全沒有減速，反而加速還闖了紅燈，到劉尹珊家的時候，門口停著一輛計程車，司機正在搬運行李，而她跟媽媽就站在車門旁，目睹他帶著一輛警車衝過來，三個人包括計程車司機全都傻眼。

在警察一邊開單，他一邊向她道歉的畫面中，他們完成了彼此之間第一次的長別。他在猶豫要不要跟她說「不要去」，她在等待他親口說出那句「不要去」。

「妳要去多久？」終究，他還是沒說出口。

「不知道，起碼三年吧。」她努力藏住話音中的失落。

「三年？哇靠到時候我都老了。」

「到時才十八歲老什麼老？」

「那……三年的時間有辦法把頒獎歌練好嗎？」

她笑了出來，「廢話，除非是白癡……」然後她看了一眼在他後方開單的警察就是眼前這個白癡帶來，瞬間收起笑容，「嗯……但你的話，不好說……」

「靠北啊……」才剛說完，他看了一眼正在看他的劉媽媽，「劉媽媽對不起……」

「你來幹嘛啦？」

「拿長笛。」

「後悔了喔？」

「才不是。」

「不是後悔幹嘛來？」

「我只是想學長笛。」

她微笑，把長笛交給他。

他笑不出來，拿著長笛看著她。

她說了再見，跟著媽媽上車。

上車後，他們隔著後擋風玻璃相望，直到引擎聲慢慢遠去。

這時警察叫他，「來喔小朋友，這是無照駕駛、闖紅燈跟未戴安全帽的罰單喔，請在這裡簽名。」他指了指簽名處，然後又問了一個問題，「那是你女朋友喔？」

「不是。」他說。

「不是女朋友你還騎那麼快，還闖紅燈，不要命了喔？」

「為了她不要命，我可以。」他說。

對，我可以。

四

結果是五年。

劉尹珊去美國的時間。

這五年胡硯舜長成了大人，雖然還只是二十歲的毛頭小子，但是胡媽媽的過世讓他變成另一個樣子，長大的樣子。他念的是數位媒體設計，下課時間兼了一些小學生的伴讀家教工作，還學會了大部分父親修車的技能，父親問他是不是要把機車行留給他，他搖搖頭，「我已經選好了，」他說。

小時候的他喜歡打電動，長大的他想做電動，這是他選擇數位媒體設計的原因，他希望能參與遊戲的製作和開發，當玩家很開心，做遊戲一定更開心。

這五年裡，每到八月二十二日，他就會抬頭看著天空，跟她說聲生日快樂。這天像是一個想念的圓心，離這天愈近，他就愈會想起她，或許是他心裡有個期盼，他會不會收到她的生日祝福，來自地球的另一端。

大二這年，班上來了一個透過轉學考轉進來的女生，他看著看著，愈來愈覺得眼熟。她也看著他微笑，當他們四目相接，他下意識地閃躲了過去，直到下課時間，女生走向他，拍了拍他的肩膀。

「胡硯舜。」

「蛤？」

「你是不是不認識我了？」

他眉頭一皺，「其實妳很眼熟，但是我……想不起來。」

「响——你慘了。」

像是瞬間被拉回國中時的福利社，他的腳邊有那個壞掉的大聲公，眼前是生氣瞪人轉頭就走的劉尹珊，旁邊是里長伯的兒子，還有一個向他們說「响——」的女孩子。

「啊！妳是謝金燕！」

「錢佳燕啦！」

「喔對不起……」

「欸！你竟然在這裡，真有緣！」

「妳怎麼會想轉過來？」

「我本來在高大，但是離家太遠了，所以轉回臺北。」

「妳怎麼轉我們系？想做遊戲喔？」

「我喜歡遊戲啊！」

「真的假的？」

「真的啦，欸，你有臉書嗎？」

「有。」

「加一下？」

「好喔。」

「電話號碼也要。」

「好喔。」

「LINE也順便一起。」

「……」

「ＩＧ你有嗎？」

「妳是在抄家喔？」

「哈哈哈哈哈哈哈哈，你怎麼講這樣，哈哈哈哈哈哈，好好笑。」她手扶著他的肩膀，頭枕在自己的手上。

活到二十歲，胡硯舜沒跟女孩子這麼靠近過，即使他小學就早秋，母胎單身二十年，他第一次在鼻息間聞到女孩子的髮香。

他猛然想起上一次這麼近聞到女人的髮香，除了胡媽媽臥病時給她的擁抱之外，就是他把劉尹珊撞到水溝裡的時候，這時他才回憶起他頭上那個包，是撞到劉尹珊的頭。

劉尹珊，五年來不曾忘記的名字，像一顆種子種在自己每天經過的路邊，現在長成樹了，他並沒有每天都看那棵樹一眼，但他知道那棵樹一直在那裡。

「說好三年……」他喃喃自語。

「蛤？」錢佳燕疑惑著。

「啊……沒事。」

「下課一起吃飯？」

「我要去當家教耶。」

「那我等你。」

「蛤？要到七點喔，妳確定？」

「七點ＯＫ啊。」她比著手勢說道。

七點出頭，胡硯舜走到相約的熱炒店，還差一個路口，就看見錢佳燕站在對面，歪著頭對他微笑。他們點了一些菜，她還叫了幾瓶啤酒。

「妳喝酒？」

「熱炒店就是要喝啤酒啊……你該不會沒喝過酒吧？」

「有啊，我媽過世那一陣子，我幾乎每天陪我爸喝。」

「啊……」

「怎麼了？」

「我是不是……讓你想起傷心的事？」

「沒有啦，妳不要亂想，來，我來倒酒。」

「哎唷，看你倒酒的姿勢，很會喔。」

「我爸教的，說倒啤酒要沿著杯壁倒……」

「這樣才沒泡泡。」

「妳也很專業嘛，而且妳看起來很會喝的樣子。」

「開玩笑，我小學三年級就喝過酒了，也是我爸教的。」

「哇靠，真的假的？」

「而且我小學三年級就看過你了。」

「蛤？」

「我本來住臺中，三年級我轉到臺北，就在你隔壁班。」

「我怎麼沒印象？」

「因為你眼裡只有劉尹珊啊，哈哈哈哈哈哈哈哈。」她再一次手扶著他的肩膀，頭枕在自己的手上。

「說得也是，哈哈哈哈。」

他們聊了好多以前在學校發生的事，聽了很多她和劉尹珊當時的祕密，時間晚了，他還陪她一起等最後一班公車。

「劉尹珊會不會其實是想拿綠卡啊？」她說。

「這應該問妳吧，她沒告訴妳嗎？」

「她只說她要去學音樂。」

「是編曲。」

「喔，編曲……都已經五年了耶，綠卡是不是再過幾年就可以拿到了？」

「我不知道耶，從來沒想過要知道這方面的資訊。」

「你想過去美國找她嗎？」

「呃……也沒有。」

「為什麼？」

「找她幹嘛啦？」

「你不是喜歡她嗎？」

「哎唷那是以前亂講亂玩的。」

「响——你說謊。」

「欸妳這人怎麼這樣？我不能不承認嗎？」

「喜歡就承認啊，喜歡她很丟臉嗎？」

「不會啊，那是以前啦。」

「現在呢？」

「沒有了啦，都五年沒見了，太久了，我都快忘記她的樣子了。」

「我臉書有她好友啊，你加她。」

「不要啦。」

「加啦。」

「不要啦。」

「好啦加啦。」

「不要啦。」

「你怕她拒絕喔？」

「怕什麼？又不是沒被拒絕過。」

「你常被拒絕喔？」

「沒有，就只有她。」

「你沒有喜歡過別人？」她驚訝著。

「沒有，這幾年我只喜歡打電動。」

「什麼電動？」

「很多耶，戰地風雲三啦、三國無雙啦……」

「教我。」

「妳有興趣？」

「有啊，我是那種會陪男朋友打電動的女生。」

「那妳男朋友玩什麼？」

「戰地風雲三啦、三國無雙啦……」

「嗯？跟我一樣？」

錢佳燕沒有回答，只是歪著頭看著胡硯舜，瞇著眼睛微微笑著。

這時公車遠遠駛來，他們站起身，他發現她的鞋帶鬆了，想也沒想就蹲下替她綁上。

「謝謝。」她說。

他比了一個ＯＫ的手勢，「不客氣，綁鞋帶我超強。」他說。

「我還有一個祕密沒跟你說。」

「什麼？」

「國中的時候有兩個女生喜歡你。」

「……」

「一個是劉尹珊，一個是我。」

「……」

「她拒絕你，是因為我。」

公車到站，車門喀啦一聲打開。

她在他的臉上親了一下，跳上公車，揮手跟他說再見。

公車遠去，他還呆在原地，腦袋一片空白。九月深夜的臺北，沒什麼風，悶悶地，像他現在的心情。

然後，手機叮咚，是收到LINE的聲音。

錢佳燕傳來了一句話。

「响——你臉紅了。」

她拒絕你，是因為我。

五

胡硯舜一直記得錢佳燕上公車前那個帶有些微酒氣的吻，為此他還去雅虎奇摩知識＋提問，「請問這樣是她喝醉了還是有什麼意涵？」幾天後他回想起這件事，上線看答案，沒有一個答案是有參考價值的，有一半在罵他白癡，另一半恭喜他脫單。

但他並沒有脫單，那晚之後，錢佳燕依然待他如同學，除了在大笑時依然會靠在他的肩膀上之外，他們之間關係的改變只是比國中時更熟絡而已。

為此心神不寧了一陣子之後，他決定要問清楚，因為他心裡怪怪的。

於是，幫胡爸爸把機車行打烊了之後，他洗完澡躺到自己床上，拿起手機，深呼吸蓄積勇氣，LINE了她。

「嘿！」

「哈囉！」

「我有件事想問妳，但我不知道該怎麼問，所以我就直說了。」

「你說。」

「妳記得那天晚上妳上公車前親了我嗎？」

「記得啊。」

「那是什麼意思？」

「我以為你永遠都不會問。」

「什麼啊？我這陣子很困擾耶。」

「為什麼困擾？你喜歡我啊？」

「坦白說，我也不知道，我就覺得怪怪的。」

「唷——你慘了……」

「慘什麼啦？」

「你老實說，你有沒有想跟我在一起？」

「我還沒想到那裡去。」

「不然你想到哪裡去？」

他看著那個黑色長方形的盒子，「我在想的其實是，我應該先忘記……別人。」

「尹珊嗎？」

「對。」

過了幾秒，她已讀了，卻不像前面的對話一樣立刻回覆。

他以為她在打一串很長的字，等了十分鐘，卻沒有回應。

「妳還在嗎？」

她已讀了。

「幹嘛不講話？」

她又已讀了。

「睡著了？」

她依然已讀。

「我說錯什麼嗎？」

「沒有。」她回了。

「那不然是？」

「我不知道該怎麼回，所以我就直說了。」

「妳說。」

「我羨慕她。」

「呃……」

「如果你很久以後跟另一個女孩子說，你在想的是該不該忘記我，那我會超開心的。」

「為什麼？」

「這題你可以去問尹珊啊，我想她也會是開心的。」

「她在美國耶，我怎麼問？」

「對不起……」

「對不起什麼？」

「我自私了幾天。」

「什麼意思？」

「她回來了。」

「蛤？」

「幾天前，她回來了。」

他立刻拿著黑色長方形盒子衝下樓騎上機車，這次他記得戴了安全帽，五分鐘的路程他只花了兩分半鐘，跟五年前一樣，他闖了同一個紅燈，警察莫名其妙又出現在那個路口，於是他再一次帶著警笛聲來到劉尹珊家樓下。

他下車，從皮夾裡拿出駕照交給警察，一句話也沒說就轉頭去按電鈴，因為電鈴壞了，只會響不能接，所以她走到陽台看是誰按電鈴，卻看到熟悉的一幕，有個熟悉的人，帶著警察站在她社區門口。

他看著她，她看著他，像五年前一樣，像一切都沒變。

然後他好像想起了什麼一樣，手忙腳亂地打開黑色長方形盒子，拿出長笛，開始吹奏「沒什麼了不起」，但是吹得滿糟的。幾秒後，她笑了。

「笑屁！妳下來！」他說。

「給了你五年時間，你還是連一首歌都學不好。」

「那妳下來教我啊！」

「你又沒戴安全帽嗎？」她說。

「我有，我只是闖紅燈。」這話說完，她又笑得更大聲，旁邊的警察也笑了。

「下來啦妳！」

「你要幹嘛啦？」

「把長笛還妳啦！這東西塞不進妳家信箱！」

「好啦！我去穿個外套。」她說。

這時警察寫好罰單走來請他簽名，很巧地，就是五年前開他罰單的那一位。

「年輕人，又是你，你怎麼這麼喜歡闖紅燈？」

「還好吧，我也才闖兩次，都遇到你。」

「為同一個女生闖同一個紅燈然後被同一個警察開單，你應該去買樂透……嗯？還是我也該買一張？」

「……」

「來找女朋友啊？」

「她不是我女朋友。」

「蛤？都這麼多年了，還沒追到？」

「……」

「你剛剛在吹那首是什麼東西？」

「什麼？你聽不出來嗎？」

「聽不出來。」

「……阿 sir，你可以走了。」

「祝你把妹順利，拜。」

警察剛走，社區大門就打開了，她頂著一頭紅色的短髮走出來，帶著很熟悉又很陌生的笑容看著他。他一臉看呆，嘴巴開開，他認得眼前的是五年前的那張臉，卻不像五年前的那個人。

從小學開始到現在，他們一同經歷了好多次暑假，每一次放完暑假回來，他就覺得她有些不一樣，女孩子成長期快一些，她一直都比他高半個頭，直到國三時，他終於追上她的高度，她卻飛到美國去了，這一飛就是五年，這個暑假，長達五年。

「Oh my word! 你長高好多……」她驚訝得用手比了一下，「比我高了半個頭耶，perhaps 4 inches taller?」她說。

「妳好像也高了一點。」

「不夠不夠，在那裡我都得抬頭看別人。你怎麼知道我回來了？」

「妳怎麼不跟我說妳回來了？」

「我有打電話去你家，but I was not able to reach you.」

「妳可以多打幾通。」

「I tried，但一樣沒人接。」

「喔，原來是這樣……」

「Yeah.」

突然，兩人之間相識多年從沒發生過的沉默像海嘯一樣襲來，他的腦袋裡不停運轉著要趕快找話聊，卻一句話都講不出來，只好連忙把黑色長方形盒子還給她。

「這還妳。」

「Thanks.」

然後又是一片沉默，連路過的狗都看出他們的尷尬。

「你怎麼知道我回來了？」

「錢佳燕。」

「That's what I thought.」

第三次陷入沉默，他當下真想唱「最怕空氣突然安靜」。

「我們……」好不容易，他用力擠了兩個字。

「嗯？」

「這樣……」

「嗯?」

「……好像在相親?」

「A bit,哈哈哈哈哈哈哈……」她大笑,他鬆了一口氣。

「妳不覺得嗎?像電視裡演的那樣。」

「彼此之間很陌生,是嗎?」

「我……我沒辦法否認,尤其妳……」他指了一下她的頭髮,「連髮色都不一樣了,我好像很認識妳,又不太認識妳。」

「我離開太久了。」

「五年耶,說好三年的。」

「對,but I have a goal,選好了,就盡全力,不管花多久時間,right?」

「對……」他說,然後再次陷入沉默。

他們的四目相接已經變成了各自眺望,眼神交換已經變成了視線閃躲,他們當下都知道一切都不一樣了,像兩個人一起走了好長一段路,到了個分叉口後互相道別,多年之後又相遇,卻發現有些東西掉在分叉口了。

「那……good night?」

「嗯，晚安。」

回家路上，五分鐘的路程，他騎了五十分鐘。

他不停地繞圈圈，心想著這五年到底發生了多少事，為什麼剛剛那個人明明是自己從小到大最熟悉的人，卻有一種陌生感？他記得的是那個在音樂班的小女生，是那個在管樂隊的長笛手，是那個坐在計程車後座回頭看著他揮手說再見的清秀女孩，不是這個染紅頭髮說著一口流利美國腔英文的女孩子。

回家後，手機裡有十幾條來自錢佳燕的LINE，而內容讓他驚訝到說不出話來。

「嘿，硯舜，週六陪我去西門町吧！」錢佳燕最後一則LINE這麼說。

週六，他來到了西門町，跟錢佳燕一起，走進了人擠人的西門町街道，遠遠地，他看見一個偌大的舞台，上面掛著大幅相片，是個紅頭髮的女孩，長得跟他認識的人一模一樣，不是他認識的劉尹珊。

主持人手拿麥克風大喊：「讓我們歡迎，Senny——」

接著，音樂響起，她一開口，現場幾千人為之瘋狂。

震撼他的，不是這些叫喊聲，而是她被擁戴的身影。
他終於知道，原來那股陌生的感覺，來自他們無形的距離。
什麼都不一樣了。

什麼都不一樣了。

六

不久後，一個寒流來襲的夜裡，葉少彬跟胡硯舜相約吃薑母鴨補身體，他聽說了胡硯舜對劉尹珊出道的驚訝，戳了戳他的手臂，「你還有知覺嗎？」他說。

「當然有。」

「那你怎麼會不知道她很紅？」

「我根本沒在注意演藝圈的啊。」

「你怎麼這麼後知後覺？」

「她才是不知不覺就出道了吧。」

「不知不覺的是你吧，自己同學當明星，還從國外紅回來，結果你不知道。」

「她又沒講。」

「五月天你知道嗎？」

「知道啊。」

「人家出道有跟你講嗎？」

「沒有。」

「那你怎麼知道？」

「……靠北！」

「虧我當年還犧牲一個大聲公幫你宣傳，結果你也沒多注意人家啊。」

「……」

「而且你知道她有來我家還一個新的大聲公嗎？」

「真的假的？」

「真的，我跟她說，就算真的要還，也要她跟你一人出一半。」

「為什麼？東西是她摔的耶。」

「整件事始作俑者是你耶！」

「……好吧……結果她說什麼？」

「她說，沒關係，她說她願意幫你出。」

「她幹嘛願意？」

「我也是這樣問她，她就臉紅了。」

「幹，你唬爛啦！」

「人還活著，你自己去問她。」

這時胡硯舜想起錢佳燕說的那句話：「她拒絕你，是因為我。」

「好吧，我暫且相信你。」

「不用暫且，你不信我也沒什麼損失，當時全世界都看得出來她也喜歡你，只有你這白癡不知道。」

「……」

不知道這算不算是一種激勵，讓他不知不覺得瘮痛呵李哩。

他立刻拿起手機搜尋Senny，看到了一個有藍勾勾的粉絲專頁，追蹤人數有七十四萬，頭像是一張閃亮亮的照片，一個紅頭髮的女生看向天邊。

他按下了追蹤，在最新的一篇發文底下留了言，內容只有幾個字，「選好了，就盡全力。」按下送出之後，一陣莫名的失落感淹到他的鼻尖高度，讓他有點不能呼吸，他明明是她的朋友，現在卻只是粉絲。

而且是沒聽過她任何一首歌的粉絲。

那天晚上，他戴著耳機，把她的歌聽了一遍又一遍，聽到會唱，聽到歌詞熟背，聽到連間奏都了然於心，但依然沒有讓他的失落感好一點。他睡不著，起身上網，鍵入Senny，點了新聞選項，按下搜尋，跑出了一連串的相關訊息，包括好多則她和另一個外國歌手男友的新聞。他們的戀情被狗仔隊偷拍，開記者會說彼此只是朋友；又被偷拍，然後男生在社群網站上大方公開，她也沒再否認。像是必要的ＳＯＰ，明星的交往都要經過這些流程才能真的在一起。

新聞裡面有他們搭肩，還有手牽手出席宴會的相片，相片裡的她依然是黑色頭髮，感覺比較接近那個當初在她家樓下跟他道別的劉尹珊，只是比較接近。

他一個字一個字讀完那些新聞，心裡嘆了一口氣，再仔細看了看她外國男友的樣子，對比旁邊鏡子裡他的樣子，嘆了更大一口氣。

他打開自己的臉書，發了一篇文，只寫了一行字，「妳喜歡把這種私事昭告天下？」但過了幾秒，他又把貼文刪掉。那是他人生第一次對劉尹珊有怨懟，但同時他也怨恨自己，拿什麼資格對她有怨懟？朋友？同學？當不成的男朋友？還是……粉絲？

他看著她臉書粉絲團那張大頭貼閃亮的照片，像是躺在地上欣賞一顆明亮的星星，然後鏡頭拉遠，他的存在像一粒沙子。

「我是劉尹珊男朋友」的夢，該醒一醒了。

這時，一則臉書通知跳出來，寫著「Senny（擁有十萬位以上的追蹤者）對你的留言按讚」，過了一會兒，又跳出一個交友確認訊息，來自劉尹珊的私人臉書。

他百感交集，才剛了解這夢該醒時，收到這樣的邀請，不知道該不該接受。

這時的她正在香港辦演唱會，在演出後看見他的留言，才想起從來沒把他加入好友，甚至她還沒有他的手機號碼。看著他的留言，她既驚訝又欣喜，她沒想到他竟然一直記得自己說過的話。

她等待著他接受交友邀請，她想跟他分享人生第一次亞洲巡迴演唱會的感動。

他同意了邀請，她笑了起來，隨即傳出私訊。

「Hey!」她打的是英文。

「嗨。」他打的是中文。

「我看到你的留言了！」

「我知道，臉書通知我妳按讚了，妳在哪裡?還沒睡？」

「我在香港，今天是我香港最後一場演唱會。」

「妳都不會害怕嗎？」

「怕什麼？」

「在那麼多人面前唱歌。」

「This is my job.」

「記得我問過妳一樣的問題嗎？」

「When?」

「國中的時候。」

「我忘了。」

「沒關係，不重要了，妳男朋友有去看妳的演唱會嗎？」

她看著這段私訊，稍微愣了一下，「對，他在我旁邊。」她說。

「幫我跟他說，妳的前男友跟他說聲嗨。」

「Hahaha...I will.」

「天啊，我從來沒聽過演唱會，妳卻已經在開演唱會了。」

「想來聽我的演唱會嗎？我下個月Tour回臺北，我可以給你ＶＩＰ的票。」

「我是ＶＩＰ嗎？」

「Of course.」

「嘿，我不是妳的ＶＩＰ，我是妳的前男友。」

「好吧，不嚴格地說，你是。」

「雖然我不曾注意演藝圈，也不曾看過演唱會，但我猜想，如果是男朋友，看妳的演唱會應該是不用拿票，而且可以去後台陪妳的，對吧？」

「對。」

「所以我才不要拿ＶＩＰ的票。」

「為什麼不要？」

「因為男友應該去後台，前男友應該去買票才對。」

「Hahahahaha……」

她打著hahahaha，但她並沒有笑。

他看著她傳來的hahahaha，知道她並沒有笑。

她知道，就算給他ＶＩＰ演唱會門票，他也不會來了。

他知道，就算她給他ＶＩＰ演唱會門票，他也不該去了。

兩個人，在兩個不同的城市，拿著手機，看著同一個畫面。

誰在猶豫，誰在等待，都不重要了。

「Who are you talking to?」這時她的外國男友注意到她的表情變化。

她想了一下，用她唱了一整夜、已經疲憊的嗓音說：「My ex boyfriend.」

他躺在床上，思考了五秒鐘，解除了跟劉尹珊的朋友關係，他不希望在他決定祝福她並且慢慢忘記她的同時，還會被臉書提醒她依然還在。

她住在他心裡，已經夠有存在感了。

他打電話給錢佳燕，他告訴她不久前跟劉尹珊的對話，那個困擾了他幾個月的問題在今晚有了答案，「那……我陪你聊聊，好嗎？」錢佳燕說。

他們約在河堤公園，一個有很多人慢跑、很多人蹓狗、很多人散步，也有很多人躲起來摸來摸去不知道在摸哪裡的地方。

地點是錢佳燕選的，或許是她有預感今天會成為胡硯舜的女朋友，她希望這是他們定情的地方，因為她喜歡這裡的夜晚，遠方有城市的燈火相伴，河面潾潾倒映著燈火通明，那會是足夠美好的畫面。

起初的三十分鐘，他們只是閒聊，接下來的一小時，他說的都是自己的後悔，「我家離她家只要五分鐘，但過去那些日子，我再闖幾個紅燈都追不回來了。」他說，語氣中帶著遺憾，而她只是靜靜地聽，同時靜靜地收回自己的心。

「咰——你忘不了她。」她說。

「還要一段時間吧……」

「要多久？」

「不知道。」

「我給你三天。」

「這麼短？」

「不然三個月？」

「也不夠長。」

「難不成你要三年？」

「誰知道？說不定是明天。」

「呵呵，」她笑了，「你真不會安慰人。」

「我會繼續練習。」他說。

他們從河濱的這一頭，走到河濱的那一頭，天很冷，她把脖子縮在外套的立領中，原本熱熱的心，這下涼掉了。

道別時，注意到她的鞋帶鬆了，他直接蹲下來替她綁鞋帶。

「謝謝。」她說。

「不客氣。這麼晚了，我陪妳去等公車，好嗎？」

「不用了，我得開始拒絕你了。」

他們互看了一眼，彼此嘴角勾起的弧度，酸酸的。

「在學校還是每天都看得見妳啊。」

「那我就當沒看見啊。」

「我找妳聊天呢？」

「我就亂聊啊。」

「也不能約妳吃熱炒？」

「可以約啊，我會拒絕。」

「看電影呢？」

「一樣拒絕。」

「那怎樣妳才不會拒絕？」

「等你忘記她的時候。」

「好。」

「記得打給我。」

「好。」

「第一秒鐘就打。」

「好。」

「我不會等你太久喔。」

「好。」

她的眼淚很乾脆地掉了下來，他拿出面紙給她，她接過的卻是他的身體，緊緊地抱著。

誰是誰的VIP？

七

結果是十年。

胡硯舜忘掉……或者應該說是放下劉尹珊的時間。

這期間他也跟別人曖昧過，但始終沒踏出確定關係那一步，因為對方會聽劉尹珊的歌、追蹤她的社群，而他卻不知道該怎麼跟對方說：「不要聽她的歌，因為我正在忘記她。」

他從來沒想過這件事竟然這麼難，他沒有她的手機電話、沒有她的臉書、沒有她的LINE，斷絕一切音訊卻依然擺脫不了她三不五時在媒體上出現，電視節目、廣播節目、網路影音，甚至是電影。

是的，電影，她還去拍了電影。

他已經分不清楚他究竟是習慣了單身，還是太常被媒體提醒「她還在」。那通想撥給錢佳燕的電話一直停在按下撥出鍵就掛掉的階段，他想念錢佳燕，卻怕再讓她流眼淚。

葉少彬說：忘不了，就放下；放不下，就出家。

然後他莫名其妙介紹起在北部的法鼓山，他說不要去佛光山，因為那裡離臺北太遠，要還俗回家的話比較不方便。

二〇二二年八月二十二日，晚上九點，距離胡硯舜三十歲生日還有三個小時。

而他剛忙完機車行的打烊工作，正坐在騎樓上一台今天剛進貨的新速克達上歇腳，這是葉少彬訂的車，這年他剛選上里長，打算用這輛車來跑里民服務，胡硯舜正在考慮要不要把他的輪胎刺破。

他沒有去遊戲公司上班，而是繼承了機車行，因為胡爸爸患了失智，他請了一個看護，同時在家工作，以便就近照顧。但他並沒有忘記所學，反而寫了一套很好用的車體塗裝設計軟體，而且被國外的重機廠看上，來臺灣跟他面談，提出了一筆不小的金額，希望能收購他的設計軟體，但是他拒絕了。

「我才不想以後還要配合他們要求改來改去。」他說。

這時一隻蚊子停在他的手上，已經擺好架勢，準備把牠的口器插進他的皮膚，好好大吸特吸一番。但他沒有等牠吸飽，啪一聲直接送牠上西天，疫情才剛過不久，他確診了兩次，不想再受全身痠痛之苦，而且那個血債血償的年紀已經過了。

突然他下意識地回頭看了一眼，他以為會有人跟他說「蚊子很好看啊」，但是門口沒有人，只有一隻狗，吐著舌頭傻傻看著他。

他點起一根菸，深吸一口，把煙吐在自己的周圍當蚊香，他是這幾年學會抽菸的，原因他也不知道，大概就是想抽，或是想忘了什麼而抽。

然後他洗過澡，到胡爸爸房裡看了看他，熟悉的鼾聲依舊，只是少了胡媽媽。他去頂樓祖先牌位上了香，照慣例跟媽媽說今天一切平安如常，然後他問了看護想不想吃消夜，看護搖頭，卻說「我想吃涼麵」。

「會不會她的意思是她想吃涼麵，但是不要太多？」他心裡這樣猜測著。因為這個看護是新來的，才來幾個月，他還不太了解她，而上一個已經簽證到期回家了。

他跑去買涼麵，涼麵攤的電視正在播放MV，劉尹珊正在唱歌，這是她幾個月前發的專輯主打歌，歌名叫〈仰望〉，歌詞是一個吳姓小說家寫的，是的，小說家也兼職寫歌，因為他寫小說已經過氣很久，偶爾part time寫首歌去KTV還能點出來炫耀。

因為媒體一直放送，網路一直流傳，他被迫接收了這樣的歌曲資訊。本來一開始聽到這首歌，他心裡還是會起波瀾的。後來波瀾變成了小浪，小浪變成了漣漪，漣漪變成了微風輕撫，直到心如止水，他才確定自己已經放下。

這時距離他的生日，還有五分鐘。她的生日是今天，也只剩五分鐘。

照慣例，他抬頭看著天，「這是我最後一次祝妳生日快樂了。」他說。

然後他拿起手機，找到錢佳燕的電話，按下了撥出鍵，沒幾秒鐘又按了掛斷。都十年了，雖然她的臉書都是一些吃喝玩樂，偶爾抒發心情的貼文，而他偶爾留言，她也都有回覆互動，看不出有另一半的跡象，但或許她已經習慣這樣的生活，不好再去打擾人家。

他把錢給了涼麵老闆，把涼麵掛到機車的掛勾上，發動引擎，邊哼著剛剛MV的那首歌，在夏夜涼風的夜裡馳騁著。

「你患了猶豫，我患了等待，
猶豫的我們，等到什麼未來，

人仰望星星，我仰望著你，

曾經是你的曾經，想跟你說，我很榮幸。」

到了那個他闖了兩次紅燈都被追逐的路口，警察依然躲在旁邊，但已經不是原本那個警察，而是個女警，因為他沒了闖紅燈的理由，乖乖停等紅燈，那裡設置了四個黃色顯眼「危險路口，小心駕駛」的警告標誌，市政府確實很常派人駐點。

這時，他手機響了，女警正在看著他，他不好拿出電話。

「是誰打來的？」他一邊哼著歌一邊猜測。

心裡希望的，是那一聲「喃——」的主人。

我認識阿魯好多年，他是個缺陷跟優點都非常明顯的人。

他說，這點像極了他的媽媽。

阿魯說過：「我媽是全世界最不像媽媽的媽媽。」然後曾經發誓他絕對不會寫親情相關的故事。

尤其是媽媽。

媽媽

我知道，我就是恐怖份子，而她是政府，政府絕不跟恐怖份子談判，至於理由，恐怖份子聽過，但永遠不會懂。

即便如此，我依然崇拜她。

我崇拜她崇拜得要命，她也一直留在讓我崇拜的距離。像個明星，璀璨亮麗，光束聚焦，站在台上高歌；我在搖滾區，眼裡只看見她正在發亮。一曲唱罷，她華麗轉身下台，我的掌聲把自己淹沒。

而偶像是不能隨便跟人擁抱的。

一 ◀◀◀

我從來沒在網路上寫過很長的東西，我本來的生活就充斥著ＩＧ、抖音跟低卡，小時候有過臉書，但那真的很爛。

因為我發生了一些事，我想把它記下來，但寫在哪裡都不對，那就寫在網路上吧，有沒有人看都沒關係，反正就當作是一種連載，滿足一下當網路小說家的欲望。

但是有人按讚我就很開心了。

我現在很閒，因為我三不五時就躺在醫院的病床上。我也不想來，但我需要化療，所以一定得來。

不用問了，我直接告訴你就好。

白血病。

我十八歲，今年要考學測，我想念建築，跟我媽一樣，當個建築師。

我媽媽有個了不起的學歷，美國普林斯頓大學建築碩士，她是個很聰明的人，但奇怪為什麼我卻笨得可以，難道我遺傳了爸爸？不，我爸是個電機工程師，他也很聰明。我不明白電機工程師的工作內容，他舉了個例子，他說疫情來的時候造出那些口罩國家隊的機器就是他的工作。

「造機器的？」

「對。」

「什麼機器都可以？」

「對。」

「造飛機也可以？」

「飛機的某些部件，是的。」

「哇嗚！」我驚嘆，他當了我十幾年的爸爸，我竟然不知道他那麼厲害。

「哇啥啦？」

「原來我爸爸會造飛機！」

「不，我不會。」

「你剛剛說你會。」

「我們是把機器造出來，讓機器去造飛機。」

「所以你們公司是造飛機的嗎？」

「不是，我們公司只造一些小一點的機器。」

「例如？」

「例如販賣機、自動包裝機、自動打標機。」

「那你們可以造機器人嗎？」

「客戶提需求，我們就想辦法，但如果妳是單指我們公司的話，那沒辦法，我們沒那些關鍵技術。」

「那你會修機器嗎？」

「會造當然會修。」

「什麼機器都會修？」

「看得懂就會。」

「哇嗚！」

「哇啥啦？」

「我爸會修機器！」

這次對話沒多久之後，我爸因為工作機器意外，前額被飛出來的鐵件砸破，急救了六個小時，醫生宣讀死亡時間，二〇二一年十一月十七日十九點十六分。

他修理不了他自己。

他的告別式辦完了之後，我回家整理他的東西，在他的書桌抽屜裡看見一個牛皮紙袋，上面印了某某律師事務所，我打開一看。

離婚協議書。

我的震驚，跟聽到我爸爸去世的程度沒有多大差別。

他們為什麼要離婚？我媽出軌嗎？我爸出軌嗎？他們平時相處有什麼異狀嗎？他們吵了什麼架嗎？我翻找這些年關於他們的記憶，試圖從其中的一些細節，像個偵探一樣發現蛛絲馬跡，判斷離婚的原因。我腦中一堆問題冒出來，卻沒有任何答案。

那張協議書的日期是二〇二一年四月，我媽的筆跡，而且她簽好字了，但我爸沒簽，立書人一空白、監護權空白、贍養費空白、財產分配空白，像是條件都還沒談好，我媽就簽好字準備離開我了。

或是離開我爸？

還是，離開我們？

離開這個……家？

然後我想起那年四月跟她去了一趟日本，她說她想看櫻花。我不喜歡跟我媽獨處，所以我拒絕，但我爸某天晚上跑來坐在我床邊，用很短的篇幅說服我。

「幫爸爸一個忙。」

「什麼忙？」

「跟妳媽去日本。」

「蛤？」

「幫爸爸這個忙，請妳。」

然後我就不知所以地答應了。

出發那天，在家門口，我特別叮嚀爸爸，「要注意扁扁的尿塊，牠的腎有問題。」我說。扁扁是我家的貓，是我媽四年前在路邊撿回來的，帶去獸醫那邊檢查的時候就知道牠差不多六歲了，有嚴重的營養不良跟一些皮膚問題，但我媽執意要把牠留下。

「好。」爸爸說。

「還有你不要再把牠帶出去蹓了，牠老了。」

「好，我知道。」

「記得幫牠預約剪毛，夏天快到了。」

「好，我今天就預約。」

然後我就去日本了。

九天，四個城市，新幹線、火車、計程車、飯店、藥妝店、超市、電器專賣店、燒肉、拉麵、生魚片、一大片一大片的櫻花樹，還有我媽的嚴肅和距離感。

從小我就跟爸爸感情比較好，他就像個朋友，我媽就像個不會笑的老師，要求很高、規矩很多、對話很冷、溫度很低。她在臺灣這樣，她在日本也一樣。

最後一站，我們來到日本岩手縣，一個叫北上展勝地的地方，那裡有條綿延兩公里的櫻花隧道，但這天天氣陰陰的，下著很細微的雨，跟臺北冬天的雨很像。

媽媽到了這裡之後，渾身散發一種說不上來的憂鬱感。

有時看她的眉頭深鎖，有時又面帶微笑，她站在櫻花隧道的入口，呆呆地望了很久，像是在想什麼事，或是某個人，長嘆了幾口氣，才慢慢往前走。

到了一處人比較少的地方，她停了下來。

「姿蓉，幫媽媽拍一張。」

「喔。」我拿出我的手機。

「我希望這後面一整片都能拍到。」

「好。」

「等等，我整理一下頭髮。」

「好。」

「有哪裡翹翹的嗎？」

「沒有。」

「好了，來拍。」

我沒有喊一二三，就直接連按了好幾張。

「好了嗎？」

「我拍好多張了。」

「哪有人拍照不喊一二三的？」

「喊一二三很蠢……」我心裡這麼想，但我沒有說出來。

「來，妳來跟媽媽拍一張。」她從包包裡拿出自拍棒，示意我把手機架上去。

然後她抱著我，頭頂、肩膀、腰部、貼臉，所有在臺灣不會有的動作，都在日本發生了。她還開了廣角，要把那一大片櫻花海全部框進去，我們兩個小到像兩個孩子，掉進粉紅色的海中。

後來雨勢漸大，我們趕緊躲進商店裡，請店家幫忙叫計程車把我們送回飯店，在車上時，媽媽有些懊惱。

「還有一個地方沒去。」她說。

她是個萬事都有規畫且會照著計畫走的人。

「哪裡？」

「淨土之濱。」

「那是哪裡？」

「一個我該去的地方。」

我不明白什麼意思，我繼續追問，媽媽卻只是靠著窗戶，看向外面正在後退的風景，還有打在車窗上的雨，沒有再說話。

隔天凌晨，天才剛亮，我迷濛間看見媽媽站在窗邊看著外面，細微的雨聲傳來，外面大雨滂沱，淨土之濱的行程確定泡湯了，對此，一向照計畫執行的媽媽感覺非常失望。

這九天的旅行，其實我有點驚訝，她為了這次旅行的準備有點齊全，連我沒看過的自拍棒都帶了，像是規畫了很久，重要的東西和事情不能落掉。

但我爸爸被落在臺灣了。

爸爸，應該是重要的吧？

那天吃燒肉的時候，我忍不住問了她。

「媽。」

「嗯？」她竟然微笑看著我。

「為什麼不叫爸爸一起來？」

「我叫了，他不肯。」

「真的嗎？為什麼？」

「他說他要上班。」

「我也要上課啊，妳寧願我不上課，也要讓他去上班？」

「他是大人了，他可以自己做決定。」

「我也是啊。」

「妳才十五歲，還是個孩子。」

「我月經都來幾年了，十五歲的女性在古代都已經當媽了。」

然後她的微笑就收起來了。

要不是眼前的燒肉和隔壁桌的日本人聊天講話很大聲，我會以為我回到臺灣了。

「妳快要高中了。」

喔天啊這裡應該是臺灣吧？「嗯。」

「現在基測最重要。」

「嗯。」

「回臺灣後要趕快進入狀況。」

「嗯。」

「其他的事……」

「嗯？」

「以後再說。」

「嗯。」

然後那頓燒肉，我們再也沒有別的對話了。

除了「吃飽了嗎」。

嗯，這才像我媽。

在睡前，我想把今天拍的照片傳給爸爸看，選了好幾張，都覺得自己很醜。除了跟我媽拍的那幾張，她抱著我的頭、肩膀、腰部、貼臉的。

上次有這樣的照片，好像是小學吧。

我看著照片笑了起來，我媽問我在笑什麼，我把手機照片秀給她看，說我都老到忘記上一次被妳抱是什麼時候了。

「妳真不像個媽媽。」我脫口而出，第二秒開始後悔。

沒意外的話，她又會板起臉來，把話題導向她能控制的事情上。

「那我像什麼？」

「沒有啦我亂講的。」

喔天啊太陽要從西邊出來了嗎？她竟然繼續跟我對話。

「我知道我對妳很嚴厲。」她的語氣好輕好輕，輕到在我腦袋裡爆炸，「我想我會開始換個方式跟妳相處。」

「媽，妳吃錯藥嗎？」

喔天啊她竟然微笑了，「如果有藥能讓妳跟我比較親近，我願意整瓶吞下去。」

「為什麼？」我被好奇的蟲子爬滿全身，整個發癢。

「我去洗澡了……對了，妳想發照片給妳爸看吧？發那張我們貼著臉的吧。」

「為什麼？」

「那張的妳很漂亮。」

現在看到這份離婚協議書，我大概懂了她為什麼要換個方式跟我相處。

我猜她想在監護權上面簽名。

媽，不用簽了，爸已經走了，沒人跟妳搶我的監護權了。

看著她走進浴室的背影，我覺得這個女人真的不像我媽。

我把那張貼臉的照片LINE給我爸，他秒讀秒回：「這張妳媽真不像妳媽。」

對啊。

「媽媽不像媽媽。」我跟我爸有過這樣的對話。

「媽媽不像媽媽？那像什麼？」

「像爸爸。」

「蛤?像我?」

「不是啦，是她比你還像爸爸。」

「妳是說，她太凶?」

「不是凶不凶的問題，那是一個整體的感覺。」

「哇!妳開始會看人了耶女兒，那我像爸爸嗎?」

「你像朋友。」

我爸聽了，眼睛亮了。

「這是我這輩子聽過最好的讚美。」我爸說。

那之後，我就一直覺得，我的爸爸，像朋友。

我的媽媽，像爸爸。

二

我小時候，我媽在建築師事務所工作，事務所就在我家附近，騎車大概五分鐘就會到的那種，我爸說，從幼稚園起我就體弱多病，在學校發燒病了都是媽媽臨時請假帶我去看醫生。

我討厭吃藥。

有時候那甜得像打翻的糖粉，有時候又苦得像還沒熟的苦瓜，而有些中藥粉泡水稀釋，光是樣子就像極了大便。

我媽把我常使用的藥、我常生的病，還有那些病可能會併發的其他症狀，全部都研究過了。當我免疫力低下嘴唇邊長出皰疹，別人的媽媽去藥局買藥，會說「要擦嘴唇皰疹的」，只有她會說「我要買艾賽可威」，然後發現自己在藥師面前這樣講不太對，再改口「不好意思，就是擦嘴唇皰疹的」。

她在診間跟醫生說明我的病狀時，仔細得像在交一份報告。幾點時有什麼症狀、三餐吃了什麼、食欲如何、體溫紀錄、半夜有沒有發燒或頻尿、鼻涕的顏色、咳嗽的聲音、痰的顏色、大便的形狀跟顏色等等，她說她不是醫生，不能判斷我的病，但她要給醫生足夠的資訊，做最正確的診斷。

像極了沒有執照的醫生。

我喉嚨痛，她會先叫我張嘴看看是不是扁桃腺炎。

我肚子痛，她會敲我肚皮看看是不是胃脹氣。

我拉肚子，她會觀察我的大便看看是不是腸發炎。

連我的月經都是她提醒我該帶衛生棉。

我本來以為全天下只有我媽是這樣，直到我好幾個同學說她們的媽媽也是這樣，我才慢慢地知道，原來全天下的媽媽都有這樣的……毛病。

「妳把媽媽對妳的關心當毛病？」我爸似乎有些意外。

「我只是好奇她到底當我是女兒還是病人。」

「當然是女兒。」

「那我問你喔，我生病的時候，你把我當什麼？」

「生病中的女兒。」

「但同樣的題目拿去問媽媽，她一定不是這個答案。」

「不然妳覺得是什麼答案？」

「我覺得她會說，不要問這種無聊的問題。」

「嗯，妳算是有了解妳媽了。」

「但可惜她卻不怎麼了解我。」

我國三的時候，有一次情傷，其實是告白失敗。

當時的我像隻醜小鴨（現在也是），鼓起勇氣跟對方要了ＩＧ跟LINE，聊了一陣子之後，我用LINE問他想不想交女朋友。

「我已經有女朋友啦！她在七班。」

然後我就陷入一種吃不下飯睡不著覺的憂鬱中好幾天，我媽特地請假並且提前掛號帶著我去看醫生，看診時把喉嚨鼻子耳朵肚子全都檢查了，我一點病都沒有。

「醫生，我女兒是怎麼了？」

「她沒什麼事耶，會不會只是，青春期的一種，很自然會碰到的，短暫憂鬱？」

醫生說完看了我一眼，他的眼神及微笑，以及他說話的內容，我想他大概已經「診斷」了我的病。

就是不甘心的病啦。

然後我也不知道是什麼樣的契機，在從醫院回家的路上，下班時間，我們塞在要上高速公路的匝道，寧靜的車室中，她突然深吸一口氣，用悠長的鼻息嘆了長長的一口氣，像是在責怪自己。

「國中生不要談戀愛。」

喔天啊她突然懂了耶。「嗯。」我說。

「我不想妳被騙。」

「嗯。」

「那種傷很難好。」

「嗯。」

「媽媽說的妳懂嗎？姿蓉。」

「嗯。」

從來她嚴肅的說話我都只會嗯嗯地應答，不會有其他的反應。

即使我不懂。

我幾乎不曾反駁或提出問句，我知道她的嚴肅背後沒有什麼討價還價的空間，就像我國中時曾有一次跟她提出「我明天要去同學家念書順便過夜，隔天再一起上學」的要求，她用嚴肅的表情，還有比嚴肅更冰冷的語氣回答我。

「不行。」她說。

我真的很想去，「為什麼？」我少見地提問。

「沒為什麼。」

「我真的很想去。」

「不行。」

「拜託⋯⋯」

「沒得商量。」

然後我一股火衝上腦，「妳是個爛媽媽！」我大吼，並且衝進房間甩門，「碰！」好大一聲，連我自己都嚇一跳，但我氣都氣了，罵都罵了，門也甩了，我拉不下臉去道歉，至少一小時內我沒辦法。

我把耳機戴起來，把BlackPink的歌開到最大聲，接著兩個小時過去了，三個、四個……我的無線耳機已經沒電，我拿下耳機，房間裡的靜默衝擊著我的耳膜，我開始耳鳴。

終於有人來敲門，我期待有個台階讓我下去，我更期待有個機會讓我道歉。

但來敲門的是我爸爸，他剛加完班回到家，我想剛剛我媽已經跟他說了我的脫序行為，還有爛媽媽那句話。

他走近，坐到我的床邊，面無表情地看著我。

「我也不贊成妳明天去同學家過夜，但我給妳一個機會說服我。」

「不用了，我不想去了。」我口是心非。

「在妳說服我之前，我希望妳先去跟媽媽道歉。」

「我可以道歉，但我希望媽也可以跟我道歉。」

「怎麼說？」

「因為我要知道為什麼，而不是只聽到可以、不可以、行、不行、對、不對的指令。」

我提高音量，朝向那個坐在客廳，背對我正在使用平板畫圖的媽媽慷慨陳詞，我期待她聽完有一點反應。

但是她沒有。

沒有「嗯」、沒有「好」、沒有「我聽到了」、沒有任何反應，連咳一聲都沒有。

沒有，沒有就是沒有。

那天起我知道我就是恐怖份子，而她是政府，政府絕不跟恐怖份子談判，至於理由，恐怖份子聽過，但永遠不會懂。

所以，我不懂為什麼不能去同學家過夜，我不懂為什麼不能談戀愛，我不懂談戀愛會被騙什麼，更不懂什麼傷很難好，我最不懂的是我媽為什麼不用能讓我更理解的方法來跟我說話。

但我依然崇拜她。

對，一直以來我很崇拜我媽，她做了好多我覺得好難的事：她職業婦女，偶爾回家煮飯，只花了很短的時間就學會做我很喜歡吃的羹（長大後才知道那叫佛跳牆）；偶爾她加班帶著我一起，我看見她蓋起來的那些房子有多漂亮；小時候我假會要幫她梳頭，她一泓長髮、眉宇秀氣，我覺得她是公主，而我是公主的女兒。

我崇拜她崇拜得要命，她也一直留在讓我崇拜的距離。像個明星，璀璨亮麗，光束聚焦，站在台上高歌；我在搖滾區，眼裡只看見她正在發亮。一曲唱罷，她華麗轉身下台，我的掌聲把自己淹沒。

後來她自己開了建築師事務所，接了一個國外的案子，我跟爸爸送她到機場，在出境大廳，她揮手跟我道別，我知道這個叫作媽媽的偶像要去開演唱會了，她的麥克風就是那些我看不懂的建築圖，她的舞台就是那些高樓大廈。

偶像是不能隨便跟人擁抱的，但揮手是基本款。

高一時，我在跟同學的一次聚餐中收獲了一些尖叫和眼光，她們用驚恐的表情跟我說我的牙齦流血了，而且不是一點點，是整排牙齒都被紅色血液包圍的那種。我笑著說難怪我覺得飯的味道怪怪的，原來我在吃自己的血。同學叫我快點去刷牙，不然就是快點去看牙醫，我一定是一整排牙齒全部都是蛀牙。

我乖乖地去找牙醫報到，牙醫說，我的牙齦沒問題，還誇我刷牙刷得很好，我補充說明是爸爸教的，媽媽監督的。他幫我清了一些牙結石，收了掛號費，在離開前提醒我，如果莫名其妙牙齦出血的話，可能要去醫院做個檢查。

一週後，我生理期來，在學校血崩，大量的紅色鮮血染紅我的運動褲。老師叫了救護車把我送到附近的醫院，到了醫院，血就不流了，像是看到醫生知道會怕一樣，但那次的生理期長達六週，我覺得奇怪，但沒有在意。

再一週後，我半夜高燒。

我是真的站不起來，從我的房間用爬的爬到爸爸床邊，跟他說我很不舒服，我爸跳起來跑去拿耳溫槍，一量。

四十一度。

我爸一把把我抱起，開車到一家大型醫院，途中我大量鼻血噴發，我爸驚叫著一邊開車一邊掉眼淚，他喊著天啊天啊幫幫我的女兒。

經過多個檢查，終於找到身體出狀況的原因。

我同學燕真LINE我：「欸，為什麼這麼久沒來上課？」

「我生病了。」

「會死嗎？」

「會，我會死在自己手裡。」

「妳自殺喔？」

「差不多的意思。」

「哇哈哈哈哈哈哈哈，那妳就去死吧。」

「媽的我在化療，妳能不能有點同情心？」

「？？？？？？」燕真回了一個好多問號的貼圖。

看樣子，她並不相信，而我也懶得解釋。

我病後的隔天，我媽立刻從國外飛回來，給了我一個媽媽的擁抱，很緊、很親、很長、很久、很讓人痛哭流涕。我突然覺得這病來得正是時候。

我的偶像，抱我了。

三 ◀◀◀

沒想到真的有人要看我寫的這些東西啊，網路的力量太可怕了，我只是個高三小女生，文章就這樣被轉來轉去，竟然有一千多個愛心耶！

謝謝你們給我信心，那我就繼續寫下去了。

我第一次發病化療的時候，隔壁床是個阿公，他因為糖尿病住院，他的看護是個年輕的印尼女性，二十幾歲吧，像個姊姊，中文講得很好，而且還會臺語，她常常在看八點檔連續劇，我想她的臺語應該是這樣學來的。

我如果不被允許離開醫院，而我媽又得上班，就會塞錢給她，請她順便照顧我，幫我買飯之類的，她喜歡跟我聊天，因為阿公已經不太能說話，「他的小孩不讓他去安寧病房，他自己也不要去。」她跟我說，阿公很固執，他只想回家。

「我也想回家，」她說，「我好久沒看到我的小孩了。」

說著，她拿出她跟小孩的照片，是個小男生，「每次回印尼看到我兒子，他都要花好幾天的時間才願意讓我抱，然後我要再來臺灣的時候他就在機場哭到停不下來。」

她說這件事的時候，我腦海中有個畫面，不是那個小男生的，是我自己的。

那個畫面像是在夢中，我還是個比床還要矮的孩子，抓著一隻冰冷的手，死都不放，用發自喉嚨最深處的尖叫，一邊哭一邊大叫我不要，一旁的大人將我拉開，把我抱起，離開那張床，那雙我拉著的手慢慢地舉起來，緩慢地揮動，像是在說再見。

「我不要——」我被自己的聲音刺痛耳膜，那聲音像是昨天才聽到，卻耳鳴到現在。

我在記憶中翻找這一段畫面，卻徒勞無功，它像是你記得的某一段夢，是彩色的，聲音是立體的，能感覺到那雙冰冷的手傳到我手心的冰冷，還有把我抱走的那個人熱熱的臉頰。

如果不是看護姊姊提到她兒子在機場的崩潰，我也不會想起這個畫面。

但當我想起這個畫面之後，我就沒再忘記過，偶爾它會跑回來讓我重溫一遍，我的心就像被捏了一下，不太痛，卻像被剝了一塊什麼。

升高一的那個暑假，我莫名地很沉迷於拍照，很喜歡拿爸爸的數位相機翻看，他有好幾張記憶卡，每一張都有上千張照片。後來他把照片存到電腦中，我便不需要從相機那個小小的畫素又不算太好的螢幕去猜照片裡的人是誰。

我最喜歡看幼稚園時候的自己，肥得像豬，臉圓得像春捲皮，大大的眼睛卻總是想睡似地半開半闔，嘴角總是會有食物的殘渣。

我指著電腦畫面中那個在幼稚園門口抱著我的女人，「這是媽媽？」

「對。」

「為什麼她頭髮這麼短？」

「呃……」像是他忘了什麼一樣，「可能，那個時候她是短髮吧。」

「像男生耶！」

「對啊，如果她是男生會很帥。」

「我不喜歡……」

「蛤？妳不喜歡男生？」

「我不喜歡媽媽短髮。」

「嗯，她不剪短髮很久了。」

從我有記憶以來，我媽就留著長髮，我沒看過她短髮的樣子，所以照片中的她讓我有點驚訝。

然後我看到一個奇怪的地方，「媽媽腳後面那白白的一坨是什麼？」

「那是一隻狗，牠叫嚕嚕。」

「狗？」

「對，那是媽媽的狗。」

「媽媽養過狗？」

「對，她喜歡狗。」

「對，她也喜歡貓。」

「那為什麼她後來會帶扁扁回家？」

「那我以前說想養狗，為什麼媽媽說不行？」

「因為家裡已經有扁扁了。」

「那時候扁扁還沒來。」

「真的嗎？」

「真的。」

「我可能記錯了。」

「你明明就跟著媽媽一起拒絕我。」

「那我現在答應妳，妳可以去找一隻狗回來。」

「現在家裡有扁扁了！」

「那就等扁扁走了再讓妳養狗。」

「不用了。」

「好啦，爸爸帶妳去找。」

「不用了啦。」

「好啦！」

「不用了啦！」

「好啦好啦好啦好啦……」爸爸開始跳針胡鬧，我便摀住耳朵。

扁扁現在還活得好好的，十一歲了，除了胖了點、跳不高之外，沒什麼不健康的狀況，這表示我把牠照顧得很好，從瘦不拉嘰的樣子養成一隻肥貓。

「我猜我有可能比牠先走。」

產生這個念頭那天，我估狗了安樂死。

最早通過安樂死的國家是荷蘭跟比利時，是由醫生為你注射藥劑，後面有些國家則是推動「輔助自殺」，醫生只開藥，病人得自己吃下去。

真感謝這個病來找我，不然我還真沒機會知道安樂死跟斯斯一樣有兩種。

然後我開始估狗去荷蘭以及去比利時的機票，因為我媽一定不會讓我做這件事，所以我得先看看自己的存款夠不夠買機票。

那安樂死這件事本身總共要花多少錢呢？

從網路上看到的資料，大概是三十六萬，臺幣。

我想了一下自己的存款數字，自己從小到大的壓歲錢跟零用錢剩餘，還有那兩個已經存滿的撲滿，可能還差了十萬塊。

我笑了出來，沒想到連死都這麼貴。

那便宜的自殺呢，有吧？

有，維基百科有介紹自殺的方法，網路上還有人整理每一種自殺的過程和痛苦程度，我一個一個讀完，覺得我應該先想辦法賺到十萬塊。

那……讓醫生注射，和讓醫生輔助，我想要哪一種？

這個問題，我想了兩個月，直到化療結束，我都沒有答案。

可能，我還不想死。

「姿蓉，恭喜妳，妳的化療很成功，接下來只要定期回檢，看看有沒有復發就好囉。」醫生說。

或，還不該死。

四

今年二月二十七日，我跟我媽正在吃晚餐，是我喜歡的佛跳牆。一如往常的餐桌，安靜得像深夜，沒有問候，沒有交談。突然我眼前一陣迷茫，像貧血犯了一樣，畫面一黑，視線中背景變得模糊，媽媽的身影扭曲，眼前星光點點，鼻子裡一陣瘦，鼻血像瀑布一樣流到我的佛跳牆裡。

「嗨，我回來了。」我彷彿聽到那個病跟我說話。

「你不是回來了，你是根本沒走。」

我媽立刻把我送到醫院，途中我的鼻血不止，她一手拿一把衛生紙壓住我的鼻子，另一手握在方向盤上，冷靜地開著車子。

我從她的側臉看見爸爸送我去醫院的樣子，一把鼻涕一把眼淚，哭著叫老天不要對我這麼殘忍。那重疊的線條當中，在動的是爸爸的側臉，一動也不動的是媽媽的側臉。

「忍著點，快到了。」媽媽說。

沒有崩潰，沒有哭腔，只有久違的溫柔。

醫生吩咐樓上準備病床的同時，宣告那個可怕的病回來找我了。

所以我現在躺在這裡，看著天花板，手上插著化療點滴，用語音輸入，寫這些我也不知道算是什麼東西的東西。

復發之後的我更虛弱、更不舒服，想反抗化療的意念更加強烈。

跟高一時第一次面對這個病時相比，這次，我的勇敢逃之夭夭，取而代之的是更深沉、更負面的想法。

「我時日無多。」

「早該。」

「我不應該現在還在呼吸。」

「如果真有死神，我想跟你說，我還沒準備好，但你可以來了，我已經無所謂了。」沒有善天使跟惡天使分別占據左右兩邊的對話，我整個腦袋都是這些思緒。

「快點死一死吧黃姿蓉！」

「好啊！」

天花板彷彿浮現一張我的臉，我對著她，自問自答著。

那……死了之後會去哪裡？有那個傳說中的地方嗎？

如果好人就是向上飛，壞人就是向下去，那我是好人嗎？我會不會向上飛？我爸呢？他是好人，他在上面等我嗎？

還是他會來接我？

畢竟他才走了幾個月而已，可能也還沒走太遠，現在折回來，應該可以趕得上我的死期。

燕真問我：「怕不怕？」

「怕什麼？死翹翹嗎？」

「對啊。」

我想了一下，「有點。」

「只是有點？」

我又想了一下，「嗯，滿怕的。」

「那怎麼辦？」
「什麼怎麼辦？」
「妳會死啊！」
「靠北妳也會啊！」
「但是妳很快啊！」
「醫生說我會治好。」
「怎麼治？移植喔？」
「對啊。」
「誰要移給妳？」
「找啊。」
「找不到怎麼辦？」
「就等啊。」
「等不到怎麼辦？」
「那就死翹翹啊。」
「那妳不怕嗎？」

「我會怕啊。」

「那怎麼辦？」

「妳到底要問幾次怎麼辦？」

「我不知道啊！」

我也不知道啊。

生病之後，有好多我這輩子沒想過的問題都一下子全跑出來了，它們就像好多好多個我，一個一個排隊到我的面前，問我「為什麼」、「然後呢」、「怎麼辦」，我沒有答案。

那，我媽會有嗎？

我爸說過，我媽是個很理性的人，她性格冷靜、思慮周全，我的人生有任何問題，她一定能給我答案。

所以，我媽會有答案嗎？

「媽，我不化療會怎麼樣？」

「不要想這樣的事。」

「我不化療會怎麼樣？」

「十六歲的妳撐過去了，十八歲的妳一定也可以。」

「我不化療會怎麼樣？妳可以幫我叫醫生進來問他嗎？」

「不用問醫生，我就可以回答妳。」

「那妳告訴我，我不化療會怎麼樣？」

「不可以。」

「不可以什麼？」

「不可以不化療。」

「可是妳沒有回答我，我不化療會怎麼樣？」

「妳好好休息，我們不要聊這種話題。」

「可是我好不舒服。」

「我知道，妳要忍耐一點。」

「我不想忍了。」

「不可以。」

「妳能不能像別的媽媽一樣？」

「什麼？」

「妳不要總是說不行不好不可以行嗎？妳能不能囉嗦點？我得這種病都快死了，妳連多說幾句話都吝嗇！」

我別過頭，看著我手上因為插著針而些微浮起的血管，我的情緒要我現在立刻就把它拔掉，但我的理智要我千萬別這麼做。

我好累。

打完化療回到家，這天寒流來，好冷，臺北只有十度。

「媽。」

「嗯？」

「我想泡個澡，可以嗎？」

「嗯。好。」

我開了浴室暖氣，把衣服脫光，把馬桶蓋放下來，坐在上面。

多年沒使用過的浴缸很髒，我媽拿著刷子仔細地刷著，空氣中除了暖氣的風聲，就是刷子刷洗浴缸的聲音。

好吵雜的寧靜。

浴缸刷完，我媽開始放水。她一轉頭看見裸體的我，拿了浴巾蓋住我的身體，「妳瘦了好多。」她說，說著把體重計拿過來，要我站上去，體重計顯示四十一公斤。

我媽嘖了一聲，拿起手機，跟往常一樣，把數字記起來。

「有人白血病變胖的嗎？」我說。

「我想沒有。」

「我吃再多都不會變胖了，對嗎？」

「應該吧。」

「那我等等要吃很多鹹酥雞。」

「好，我去買。」

「我要魚板。」

「好。」

「還要雞皮。」

「好。」

「還有魷魚。」

「好。」

「還有四季豆。」

「好。」

「我有忘了什麼嗎？」

「雞心跟雞排。」

「啊對，雞心跟雞排。」

「米血要嗎？」

「不要，我的血已經在攻擊我自己了，別再吃血補血了。」

「雞排要辣嗎？」

「要。」

「要切嗎？」

「不要切。」

說完，我笑了。

「笑什麼？」

「妳很像鹹酥雞店老闆。」

「哪裡像？」

「很專業，會問雞排要不要切、要不要辣。」

「水好了，下去泡吧。」

她連笑都沒笑一下。

她替我關了浴室門，我聽見她拉開皮包拉鍊拿了錢包的聲音、脫鞋走動到門口的聲音、拉開玻璃落地窗的聲音、打開大門的聲音，然後鏗喀一聲，大門關上的聲音。

「門扇關閉。」電子鎖傳來語音。

我看著天花板，像在看著醫院的天花板。那好多個我又跑來排隊問我問題了，我什麼時候會死？會不會很痛苦？我有多少機率能好起來？就算我好起來了，會不會再復發？

一樣的，我沒有答案。

這時一個很微小的嗚咽聲傳到我耳朵裡，我尋找著聲音的來源，像是從天花板傳下來的，我站起身來，慢慢接近天花板，發現聲音其實是從浴室窗外傳進來的。

我踮起腳尖往外看去，有個人蹲在路燈下，像是用盡全身力氣在壓抑，卻依然讓哭聲洩漏了一些出來。

那一泓長髮，是我熟悉的那個人，我媽。

她非常非常傷心地哭著。

那瞬間我感覺胸口一陣劇烈的悶痛，伴隨一股好濃厚的悲傷，從我的胸口快速蔓延到眉間，我的視線一下子被淚水淹沒，媽媽像在水裡，水扭曲了她的身影。

我突然想起《新不了情》這部電影，是爸爸介紹我看的。

看電影那天，媽媽也在，在女主角死掉的時候，她靜靜地掉下兩行淚，然後說：

「是我也不想活下去。」

那一整排，好多好多個排隊的我，突然都走掉了。

那些「為什麼」、「然後呢」、「怎麼辦」突然有了答案。

我爸說的沒錯，我的人生遇到的任何問題，我媽都會有答案。

我坐回浴缸，看著手臂靜脈上那個小小的紅點，它像是想張開血盆大口把我吞掉的怪獸一樣蠢蠢欲動。

「不用你動手，我自己來。」

我看著天花板，慢慢地把身體埋進水裡。

接著是下巴，然後是鼻子，然後是耳朵，然後是眼睛……

世界好安靜。

五

浴缸淹不死想自殺的人。

我不想起身，我的腦也沒有下達讓身體起身的指令，只是身體像突然長了另一個腦，它展開自救，同時救了我。

媽的，救了我。

我立刻做了一些「反省」，為什麼我會失敗。

我在氣快不足的時候讓鼻子用力吸氣，大量的水直接沖進我的鼻腔，嗆得我差點昏厥，腦袋痛到像是下一秒就要爆炸，我想是這個動作讓身體果斷地決定接管我的腦袋，我的雙手撐著浴缸的兩邊，稍微用一點力，就獲救了。

我在試圖溺斃自己的痛苦中認知到，我剛剛在水裡用力吸氣，其實並不夠用力，不然我會真的昏過去，必須昏過去才有機會溺死自己。

「不、不行……」我自言自語。

溺水的方法太痛苦了，我或許應該嘗試其他的方法。聽說割腕就痛那一下而已，只要割得夠深，確定動脈有斷，在失血過多之前，還可以把正在噴血的手舉起對向燈光，只要角度正確，可能還會看見彩虹，整個過程十幾分鐘就結束了。

「不、不行……我怕痛……」我又自言自語著。

我看著自己泡著的水，或許是剛剛的失敗養大了我的膽子，我嘗試了第二次，在鼻腔和腦袋都還很痛的時候。

我深呼吸一口氣，睜著眼睛，沒入水裡，這次我沉到最底部，把雙手壓在身體下面，水面波紋把牆面的磁磚跟天花板畫得一摺一摺的，來來回回蕩漾著，直到水面整個恢復平靜，一些看不清楚、不規則的線條，像裂痕一樣浮在水面上。

這時有一顆氣泡從我的鼻孔慢慢飄了上去，我當下決定，把它當作是一個倒數，在它抵達水面並且破掉的那一瞬間，我要鼻子嘴巴同時用力吸氣，這次一定要讓自己昏迷。

氣泡圓圓亮亮得像個生命體，一顆一顆地慢慢往水面飄去，當它到達水面時，卻沒有破掉，而是停在那裡，我再仔細一看，它被一些不規則的線條框住，我看不清楚那些線條是什麼，直到我發現那些線條竟然在緩緩飄動時，我才明白，那些不規則的線條……

是我因為化療而脫落的頭髮。

我快沒氣了，但那顆氣泡還是沒破，如果再不行動，我又要失敗一次。

這時我用力吸氣，鼻嘴同時，比上一次更強烈更痛苦的嗆痛瞬間充滿我的整顆腦袋，但就那一下下而已。

那顆氣泡，終於破了。

然後我看見一道門，沒有門框，只有門片，放在一個不知道是什麼地方的空間當中，它就這樣立著，門後透著微微的亮光，有點黃，有點白，更清楚一點說，是一下子黃，一下子白。

我像是站在毯子上，腳是溫暖的，那觸感很微妙，我低頭看了一下腳邊，一片一片的，像是棉花，又不是棉花。

我想去開門，但我不敢行動。我不知道這裡是哪裡，也不知道門後是什麼，抬頭看了一下天空，顏色有點怪，是很淺很淺的藍色，沒有雲，有些像月亮輪廓的東西，這裡一彎，那裡一彎，算一算，有幾十個，一彎疊著一彎，像電梯裡的三面鏡，可以看到好多個自己。

這時門打開，走出來一個人，只有輪廓，身體像是蓋著布，感覺有如水彩在圖紙上暈開一樣，他就站在門前，門在自動關上的同時也消失了。

「嗨。」她說。

她一開口，我才知道那是個女性。

我想回應，可是說不出話，我想問些什麼，卻怎麼努力也發不出聲音。

我看不清楚她的樣子，卻像聽過她的聲音。

「妳可以靠近一點。」她說。

我猶豫了一下，向前走了幾步。

這時我能分辨，她是個短髮的女性。

「嗨，姿蓉，好久不見。」

我說不出話，只能向她揮一揮手。

「雖然我在等妳，但這個時間不對。」

我聽不明白她的意思，而且我現在只想知道她是誰。

「妳打開妳後面的門，走進去。」

我轉頭一看，身後真的有一道門，同樣只有門片，沒有門框。門後沒有任何光線透出，就只是一片黑暗。

我轉頭看向她，然後搖搖頭，指了指她，示意我想知道她是誰。

只見她抬起手，揮了幾下，像是說再見。

同時我覺得自己胸口被重重打了一拳，「剁！」的一聲，好響！也不知道怎麼回事，那道本來在我身後的門，已經跑到我的腳下，本來還踩著的那些像棉花的東西都不見了。

門已經開啟，有一股風把我向裡面吸。

「剁！」再一次胸口被重擊，這次比上一次更痛，還帶著一些灼燒感。我聽見一些小小的嗶嗶聲，連續不間斷的咿噢聲，還有不認識的人說話的聲音。

最後是一聲長長的「叭——」讓我找回了所謂的「認知」。

那是喇叭的聲音。

我從沉重的眼縫中，看見一個戴口罩的女生正撕開黏在我胸口的東西，替我把鈕釦扣回去，她嘴裡唸著一些數字和時間，然後拿起電話，像是在跟誰安排後續細節。

另一邊是我的媽媽，她雙眼掛著眼淚，叫著我的名字。

我在救護車上。

我失敗了。

六

「要不要再去看櫻花？」

「什麼？」

直到在機場櫃檯拿到機票的那一刻，我才知道媽媽不是在開玩笑。

上星期我自殺失敗之後，媽媽對我寸步不離。

她開始在家裡工作，在電腦前跟公司開會，買日常用品用Uber Eats，丟垃圾的時候要我也一起下樓。

她沒怪我、沒罵我，只是平靜地跟我說。

「在醫生束手無策之前，妳也不要放棄，好嗎？」

我沒有回答，只是掉眼淚。

我多想說不好，我更想說我也不想這樣。

復發之後，我的月經總是持續好幾週，身上不知道為什麼總是會有好幾處瘀青，骨頭痛得像有人在刮，晚上睡覺總是發冷卻全身是汗，別說活動身體時不舒服，我連坐著躺著都覺得在受苦。

刷牙時我的牙膏泡沫經常是紅色的，因為牙齦出血量大；擤個鼻涕，衛生紙也是紅的，因為流鼻血的狀況愈發嚴重；我洗頭的時間愈來愈長，因為不敢放膽去搓，吹風機開最小風力，要吹三十分鐘，吹乾之後一頭亂髮也不敢梳頭，因為頭髮掉了一把又一把，髮際線在原地，但髮間已經看得見頭皮。

我在鏡子前用雙手食指把兩邊嘴角向上擠，一樣笑不出來。

我笑不出來。

媽媽讓我靠著她哭。

「要不要再去看櫻花？」

「什麼？」

「我們去日本。」

「妳在開玩笑嗎？」

她搖搖頭，「跟兩年前一樣，妳陪媽媽去。」

「我化療還沒結束。」

「妳不是不想打？」

我有點吃驚，「妳願意？」

「我不願意，但妳說的對，我不能總是反對妳，我也該尊重妳。」

「萬一我在日本發作起來怎麼辦？」

「日本的醫療不比臺灣差。」

「萬一我死在日本怎麼辦？」

「那想把骨灰撒在日本的哪裡？妳最好現在就開始找。」

我好驚訝竟然是這個答案。

「如果妳找不到，我推薦妳，淨土之濱是個好地方。」

說完，她起身，摸了摸我的額頭和臉頰，「我去訂機票囉。」

我仰頭看著她，「好。」我說。

我把這個消息LINE給燕真，她好驚訝，等不及用打字的，她直接就打電話過來。

「哇靠什麼狀況啊？」

「就我跟妳說的那樣啊。」

「妳媽真的要帶妳去日本？」

「對啊。」

「妳如果死在日本怎麼辦？」

「她說那就葬在日本。」

「哇靠……聽起來很不錯。」

「我也覺得……」

「夠了，黃姿蓉，這是什麼對話？」

「這對話是妳開始的好嗎？」

「我說的是妳跟妳媽的對話。」

「哪個部分？」

「她明知道妳的狀況不好，卻說妳死了就乾脆葬在日本，還給妳推薦地方？」

「她可能……想清楚了吧。」

「想得多清楚也不會有這種對話吧？妳是她女兒耶，聽起來她沒在擔心妳死掉啊。」

「所以呢？妳覺得我不該去？」

「醫生說過妳有機會治好，妳為什麼不好好治療呢？妳不想活下去嗎？」

我想。

應該說，我想「好好地」活下去，而不是「這樣子」活下去。甚至，我對於「治好」這件事有很深的恐懼，因為我不知道它是不是真的好了，這個病真的好了嗎？還是其實它從來不曾離開我？

我在機場商店買了一本日本旅遊指南，飛機起飛的時候，我正在翻閱著，想找個我可能會長眠的地方。而我下意識地先翻了一下淨土之濱，一下子就被那美麗的照片給吸引。

「媽。」

「嗯？」

我把書裡的照片給她看，「妳說的是這裡嗎？」

她點點頭，「對。」

「所以如果這幾天我走了，妳會把我的骨灰撒在這裡，對嗎？」

「對……」

「好喔，那我就接受妳的推薦吧。」我說。

她看著我，瞬間紅了眼眶。

這次的行程完全複製前年的，九天，四個城市，新幹線、火車、計程車、飯店、藥妝店、超市、電器專賣店、燒肉、拉麵、生魚片、一大片一大片的櫻花樹。

意外的是，媽媽沒了原本的嚴肅和距離感，而我的身體像從來沒發過病一樣，感覺好得不得了。

「這會不會是迴光反照？我可能就快死了。」我自言自語地。

最後一天的行程，我們搭乘新幹線，又轉了兩班JR，然後還有一大段巴士路程，花了四個多小時，來到了淨土之濱。

這裡美得不太真實，像神仙住的地方，白色的石灘，淺灘的水是綠色的，再遠一點就是深藍色，都清澈得像能一眼望穿，彷彿丟一個東西進海裡，會有女神把東西撿起來問你：「你剛剛掉的是金斧頭還是銀斧頭？」

我跟媽媽請遊客替我們拍了一張和淨土之濱的合照，我想把它LINE給爸爸，說這次旅行，媽媽已經像個媽媽，卻突然想起他已經不在了。

媽媽說，如果天氣許可，淨土之濱的遊覽船一定要搭。

我抬頭看著天上的太陽，這樣應該算是天氣許可吧，一轉頭就看見媽媽拿著兩張船票，不知道她什麼時候買好的。

遊覽船的航線是固定的，全程大概四十分鐘，航行過程會有很多海鷗跟著船一起前進，遊客熟門熟路地拿著麵包餵食牠們，我們船開多久多遠，牠們就跟多久多遠。

媽媽從包包裡拿出一包零食，包裝看起來像是蝦味仙。

她把包裝撕開，拿出一根來，才剛舉過頭頂，立刻被海鷗叼走，我跟媽媽都嚇到尖叫，卻又覺得好玩。

「這是什麼？」

「海鷗的最愛。」

「海鷗愛什麼？」

「這個啊。」

「妳什麼時候買的？」

「剛剛我們在遊客中心吃麵的時候。」

「我怎麼沒注意到？」

「妳一直都是這樣的，姿蓉，很常發呆，呆到出神。」

「有嗎？」

「有，像妳媽媽。」她說。

七

寫到這裡，我還是有種很不現實的抽離感。

就像是我在看電影，但電影裡發生的是我真實的人生，我就這樣過日子直到十八歲的現在，而我卻看著自己活在電影裡……天啊我也不知道自己在說什麼。

她不是我的媽媽。

那天在遊覽船上，我們最後的對話是這樣。

「像我媽媽？」

「對。」媽媽點點頭，看向遠方的海面。

「那不就是妳嗎？」

她搖搖頭，「不是……」說完，她的眼淚倏地滑過臉頰，從她秀氣的下巴墜地。

「妳在說什麼啦！」我的心跳加快，腦袋一片混亂。

「妳的媽媽，在這裡，淨土之濱。」

「顏湘怡，」我直呼她的名諱，並且笑了出來，但我不知道為什麼會笑，「妳不要跟我開玩笑啦！」

「我是顏湘如，妳的阿姨，顏湘怡是我妹妹。」

我下意識往旁邊的椅子挪動，像是在害怕什麼，或是畏懼再聽到什麼，我只覺得耳朵裡面一陣一陣嗡嗡嗡的低沉迴盪，腦袋完全陷入當機狀態無法思考。

「姿蓉，妳已經成年了，今天帶妳來，是希望能讓妳知道真相，不管妳聽完之後有什麼樣的打算，我都很願意繼續當妳的媽媽。」

從這裡開始，到返回臺灣之後的隔天晚上，我沒有說一句話。

我就是坐在自己房間裡，翻動著一些所謂媽媽的回憶，還有爸爸的，想找到一些所謂的空檔，我遺忘或沒注意到的空檔，去佐證她跟我說的真相是假的，她確實就是我的媽媽。

很慶幸的是，她也沒有想一次把所謂的真相通通倒給我的想法，她只是靜靜地等著我，等著我，等到我想聽。

前幾天，一個同樣寂靜的晚上，我走進她的房間，才發現床頭那幅她跟爸爸的結婚照已經撤下，就擺在衣櫥跟化妝檯的夾縫中間。什麼時候撤下來的呢？我不知道，可能是這幾天吧，而我也可能當下正在發呆，呆得出神。

「妳不想看到爸爸嗎？」

「嗯？」她不懂我說的。

我指了一下空白的牆面。

她明白了意思，靜了幾秒鐘，「正好相反。」她說。

「那……照片會掛回去嗎？」

「會，等我看到他不會再覺得難過的時候。」

「我知道妳簽了離婚協議書。」

她愣了一下，「啊……」

「我可以知道為什麼嗎？」

「可以，我願意全都告訴妳。」

我坐到床邊，她也坐到我的旁邊，把我掉在肩膀的頭髮，一根一根地捏起，放到垃圾桶裡。

我請她開始告訴我所謂的真相，整個過程像是在聽生命對我宣判。

不管宣判結果是什麼，我知道我只能接受。

「妳媽媽，是我的妹妹，我們是雙胞胎，我比她早了三十分鐘出生。」

「我們在孤兒院長大，院長說我們被送到院裡時只有八個月大。」

「從小，她就很開朗活潑、愛笑、討人喜歡，而我跟她相反。」

「她幽默大方、平易近人，我比較安靜，不喜歡說話。」

「她念藝術，我念建築，我數理很好，她數理很差。」

「她喜歡短髮，我喜歡長髮。」

「她喜歡狗，我喜歡貓。」

「妳曾經拿著一張她在幼稚園門口抱著妳的照片問爸爸，其實我也在照片裡。」

「我就靠在後面的車門旁，那天是我開車載著妳和妳爸媽去幼稚園的。」

「可惜妳只注意到嚕嚕，不然妳應該會早日破案。」

「那是妳第一天上學，我也想看看妳走進學校的樣子。」

「但是妳一直哭，一直哭，抱著媽媽不放。」

「是爸爸拿出相機，拍了一張照片，妳看到照片，就笑了。」

「後來妳媽媽生病了，跟妳一樣，是白血病。」

「她沒有經歷太久的痛苦，從發病到離開，只有幾週時間。」

「她要我幫忙照顧妳，替她當妳的媽媽。」

「那時候，妳才兩歲，才剛習慣幼幼班，上學比較不哭了。」

「妳在病床邊，拉著她的手，像是用盡妳全身的力氣，大喊著不要。」

「我把妳抱走，在醫院外的花圃旁，陪著妳一起哭，直到妳哭累了睡著。」

「妳媽媽走了之後，妳爸說要把她撒在淨土之濱。」

「他說，妳媽很喜歡那裡，決定要葬在那裡。」

「我們辦了一些手續，帶著妳媽，去到那裡。」

「妳爸抱著妳媽的骨灰走進海裡，他說，他把她放在一個礁洞裡，不會被魚欺負。」

「一年後，我跟爸爸結婚。」

「他是個好人，我愛他，但我更愛妳。」

「為了不讓妳發現，我到戶政事務所，把自己改成妳媽媽的名字。」

「這樣才不會在妳拿到身分證的時候，發現母親欄的名字不一樣。」

「這是妳爸爸想到的，他就是這麼細心。」

「但我會決定跟他離婚，是因為我知道他心裡的人不是我。」

「我好幾次在夜裡醒來，身旁沒有人。」

「走出房間發現，他看著電腦螢幕中我妹的照片，滿是懷念。」

「即使我們長得幾乎一模一樣，但我終究不是我妹妹。」

「我跟妳爸爸提出離婚，但我不會離開你們，他沒有答應。」

「然後他突然走了，妳也病了，我感覺人生整個暗了下來。」

「我怕妳跟妳爸媽一樣，突然就走了，卻來不及知道這些真相。」

「所以我才決定帶妳去淨土之濱，見見妳媽。」

「同時也告訴她，湘怡，妳的女兒已經成年，我盡了全力，替妳當好媽媽。」

聽到這裡，我崩潰到不能自己。

抱著明明不是我媽但我覺得就是我媽的這個人，哭到眼淚停不下來，直到像兩歲的時候一樣，再一次哭累到在她懷裡睡去。

其實我本來不確定自己能寫到這裡的，因為要重溫一次這些事情，需要勇氣，而我的勇氣，在面對這個病的過程中，已經用光了。

但用光了，能怎麼樣呢？

我還在呼吸，而且意識清楚，也能活動，定義上，我就是一個活人，我就是得接受治療，即便我已經把死這件事看得很輕很輕。

就算明天，或是等一下就死了，我也無所謂。

我阿姨，或者應該說是我媽，跟醫生討論過後，決定用半吻合造血幹細胞移植來治療我，捐贈者就是她自己。

這個方法之前也跟爸爸討論過，但醫生並不建議，因為半吻合造血幹細胞移植後經常造成病患死亡，雖然醫學進步很多，成功率已經不低，但因為我體弱，而接受這個治療之後，會需要在我身上使用大量的免疫抑制藥物，我的免疫系統功能會非常低，極度容易造成感染。

「所以問題不是你願不願意捐幹細胞給你女兒，而是捐了之後才是問題的開始，那些免疫抑制的藥很有效，可能隨便一個小病毒都能讓你的女兒非常嚴重。」我記得醫生是這樣說的，當時我爸一聽，轉過頭看我，想從我的眼神中得到答案。

而我搖頭，他便轉頭向醫生說不。

但這次，我點頭了。

一小時後，我就要接受我……媽媽的幹細胞移植手術。

不管我能不能活下來，我都想跟媽媽說……

妳是最棒的媽媽。

在天上的爸爸和媽媽，幫我加油。

如果我活下來，我會好好陪著媽媽。

如果我死了，你們，記得來接我。

這東西會不會再連載下去，我也不知道。

但我答應自己，如果活下來的話，就來寫個完結篇。

我記得這個故事是片商請阿魯寫的，本來要拍成電影。

為了這個故事，阿魯惡補了上百部相關題材的電影，他說這種題材非常困難，故事本身荒謬又正常的感受需要同時存在，進而代入現實中會認為很扯又很合理。

像他的人生一樣。

我只是忘了錢包跟手機

我在警車閃爍的警燈縫隙中，看到我太太抱著熟睡的孩子，眼淚差點噴出來，還好我有忍住。

「你怎麼弄成這樣？」我太太皺著眉頭，怔怔地問我。

「妳先生喔……」一九〇警察在旁邊搭腔，「今天晚上的故事可精彩了。」

我太太一臉不可置信地看著我，「你到底是發生什麼事？」

我一聽，想了一下，突然笑了出來。

「我只是忘了錢包跟手機。」我說。

一 ◀◀◀

我其實很愛我太太。

但我真的覺得她很機掰。

交往五年期間，她其實滿正常的，我所謂的正常是她沒有什麼怪癖，同居期間生活習慣也都ＯＫ，情緒也還算穩定，興趣就是追劇跟玩玩餐廳經營或種菜遊戲。

當然吵架的時候例外，這時候她會變身，臉沉下來的時候我就知道慘了，但因為正在氣頭上，我也說不出什麼軟話，道歉就更困難，而且道歉如果沒有讓她滿意，下場比不道歉更慘，索性乾脆讓她罵，不要說話就好。

但是不說話也不行，她會羞辱你，點燃你跟她決一生死的鬥志，但是你愈凶，她就愈強大，「吵架沒吵贏幹嘛吵？」是她人生哲學的一大重點，奉為圭臬。等到你的氣勢被她壓下去，她就會展開一連串的靈魂攻擊，專用最惡毒狠辣的言詞中傷你，對你的靈魂造成九九九點暗影傷害，只要是能讓你心靈受到嚴重創傷，或是氣到整個冒煙的話，她都能很快地生出一整篇來唸給你聽。

像是惡毒版的ChatGPT。

吵到分手的次數，交往五年多來一共七次，平均一年分手超過一次。

每次分手我就會被踢出那間「我租的房子」，只帶上幾件衣服內褲（有時候連這些都不給我帶），她會把門開好站在那裡等我走出去，眼神像是家裡來了一個不受歡迎的人，主人打開門下逐客令那樣。等我走出去之後，她會重重地把門關上，接著聽到她栓上門鍊的聲音，像是在提防什麼人魔還是恐怖份子一樣，然後會傳來一陣嘟嘟嘟嗶嗶嗶的聲音。

沒錯，她他媽的正在改電子鎖密碼。

幹拎娘咧！真的是氣到策出來！

那是我租的房子，門鎖、L形沙發、冰箱、冷氣、電視還有那台他媽的應她要求買的最高規格掃地機器人，就連窗台那盆已經早就曝屍在那邊好久的仙人掌都他媽的是我花的錢，嚴格說起來，房子所有權雖然屬於房東，但他媽的使用權是我的啊！

我曾經想過要把電子鎖備用鑰匙拿到外面某個地方藏起來，以後又被趕出去就可以用，但道高一尺魔高一丈，我完全找不到鑰匙，我根本不知道她藏去哪裡。

這就是所謂的鳩占鵲巢，我他媽的就是隻可憐的鵲。

但其實鳩的體型比鵲小，而且比較凶的是鵲，在這邊跟各位科普一下。

我被趕出門之後，會先去找一間普通飯店入住，大概是一個晚上不到兩千塊的那種，然後躺在床上呼叫一些豬朋狗友來陪我買醉。晚上七、八點，四、五個臭男人就會在房間裡像開趴踢一樣，嘻嘻哈哈、幹話亂噴、言不及義，地上啤酒罐一堆，桌上鹹酥雞剩下一點點，等到櫃檯打電話上來說我們被投訴講話太大聲吵到鄰房旅客的時候，他們幾個就會東西拿一拿叫車回家。

通常這時候我已經八分醉了，畢竟很少喝酒，酒量不好，出門跟朋友吃個海產攤，大概三瓶啤酒就差不多可以買單了，跟太太吵架被趕出門的情況下，因為怒氣未消餘恨未減，這時酒量會大幅增加三十三%，也就是多一瓶的量。

建議想練酒量的多跟另一半吵架，進步會比較快。

隔天醒來，電視一定是打開的狀態，因為根本沒關過，而我時常不在床上，而是在廁所、浴缸或是地板上，因為我醉了以後自己在幹嘛都沒什麼印象，記憶斷斷續續，上完廁所就在馬桶上睡著，或是把浴缸當床之類的，而飯店房間的冷氣總是冷到我整個人蜷縮起來。

我是個習慣很好的人，起床後我會把前一晚的混亂全部收拾乾淨，不造成飯店清潔人員的困擾，然後洗漱好自己再下樓退房。走出飯店時，我會看一下手機，看看她有沒有傳訊息過來，但通常除了豬朋狗友們報平安到家的訊息之外，什麼也沒有。

如果她有傳訊息來，那會是一串數字，是新的開門密碼，表示我可以回家了；如果訊息內容還在罵人或是交代什麼繳帳單之類的，那就是繼續睡在飯店裡。

然後我就去公司上班，若無其事地，像一個感情狀態穩定、人生沒什麼煩惱的快樂先生，工作穩定收入還行，同事間相處也還可以，每個人都覺得我日子輕鬆寫意。

但媽的我根本是個孬貨，我每年被同一個女人趕出自己的家超過一次。

隨著我被轟出門的次數漸增，第二次、第三次、第四次……來飯店跟我喝酒買醉的豬朋狗友愈來愈少，到了第七次，一個人都沒來，比較有良心的就跟我說不好意思不方便出門或是有事要忙，比較沒良心的則說：「不要再玩技術性分手這招了啦阿宣，玩幾次了膩不膩啊？」最沒良心的則是回兩個字——

「呵呵。」

幹拎老師是在呵三小？

就在第七次被趕出門之後，我真的下定決心要分手了。

我還記得那次被趕出門長達四天，我那些豬朋狗友沒有一個來陪我買醉，其中最有良心的是我高中同學魏立達，我們都叫他保力達，他送來一碗已經冷掉的紅豆豆花，他說那是他公司的下午茶，因為他肚子不太舒服，所以把它留給我。他在飯店樓下陪我抽了兩根菸，他說，萬一我想不開就去跳愛河，因為我高中時是學校游泳隊，游到體力不支沉下去浮不上來是最快的做法，千萬不要在房間裡打開窗戶就往下跳，這樣會造成飯店的困擾，畢竟人家還想做生意。

我覺得他說的有點道理，回到飯店，我用床頭櫃上的小便箋想寫一些遺言，交代一些後事，這才突然發現，靠北啊我根本沒想過要自殺！

那四天我的狀態都是這樣，上班、下班、到飯店，看著一直在重播的電影台，一個便當、一包香菸、幾瓶啤酒（還喝不完），還有手機遊戲度過漫漫長夜。

坦白說，我根本不記得四天前到底為了什麼吵架，我他媽連今天早餐吃什麼都記不起來！

「四天了，妳氣還沒消！我真他媽受夠了。」我怒火中燒，決定下班時給她一個痛快！

那天下班之後，我一個人坐在公司樓下的便利商店裡面，用手機打了好長一篇，訴說著交往五年來我的認真、我的委屈，還有我的不捨（沒有！我沒有不捨！妳把我趕出門七次！我的不捨已經用光了！），同時也感謝她這些年來的陪伴，我不是個好男友（幹拎娘我明明就是！），辛苦她一直忍讓（屁啦她最好有忍讓，都是我在忍讓！）等等的巴啦巴啦。

就在我打上自己的名字「建宣」時，手機上方跑出一個收到訊息的通知，來自「彭之芸」，就是我女友。

我突然不知道該不該把那則訊息點開。

點開了，如果是一串罵人的話，那還好辦，把我剛剛那篇動人的文章傳出去就好，人生從真正分手那一秒鐘開始一片光明。

但如果是一串數字，那怎麼辦？

我把手機放下，思考著對策。因為思考不出來，我還去買了一包口香糖，因為人家說嚼口香糖有助思考。大概十分鐘後，我思考出一個結果，嗯，沒錯，口香糖果然可以幫助思考。

「我應該先打開訊息，看看內容，才能知道接下來怎麼辦。」

這就是我思考後的結果。

然後我點開了LINE，看到她的名字欄位後面有個綠圈白字的二，表示她傳了兩則訊息。

「會不會一個是數字，一個是你回來吧？」我心裡還在這麼猜，結果一點開，我整個人說不出話來。

第一則訊息是一張照片：一根驗孕棒，兩條線。

第二則訊息是：「要生？還是拿掉？」

二 ◀◀◀

我叫李建宣，我要當爸爸了。

也不知道我在便利商店裡面傻了多久，就看著那張兩條線的照片，整個人除了身體留在原地之外，靈魂理智思路等等跟思考相關的東西全都出竅了。

我高中時交往過一個女友，我那時就幻想過跟她永結同心當上爸爸，但我只牽過她的手，連接吻都沒有就分手了，戀情持續九天。九天，我連為什麼分手都忘了，時間短到我不知道怎麼為那段戀情感到傷心，我連失落感都沒有。但她卻傷心得跟誰死了一樣，相較之下，我的「冷血」格外刺眼，所以那段時間同學都叫我愛情的騙子。

接著大學交了兩任女朋友，第一任完全就是天雷勾動地火，一見鍾情，早上認識，下午牽手，晚上就睡在一起了，我也因此成功被破處，那時感覺彷彿是老天爺送給我一個一百分的女孩，我甚至寫過何德何能擁有妳之類的肉麻簡訊給她。因為一切都太美好了（包括我被破處），我理所當然幻想過跟她永結同心當上爸爸。

結果她給我戴綠帽。

中午吃完飯說她要跟同學去逛百貨公司，下午三點我在學校籃球場看見要跟她去逛百貨公司的同學。

「百貨公司？什麼百貨公司？」這是她同學的回答。

我狂撥她的手機，不接就是不接，幾通之後直接轉語音信箱，我知道事情不妙了，決定到她租屋處等，一直等到接近天亮，她被一輛改裝喜美送回來，車上下來了一個8＋9，很紳士地替她開車門，在她拿鑰匙開門的空檔，從背後抱住她，兩人直接擁吻起來。

棒呆了他媽的。

大學第二任是個文青美女，氣質出眾，說話輕聲細語，像小說裡走出來的女主角。我們相處融洽，我再度幻想跟她永結同心當上爸爸。

沒想到她竟然非常嚮往「去一〇一跨年」，嚮往程度強烈到列入人生必須完成的心願清單中，更沒想到的是當天我直接睡過頭，她一個人在左營高鐵站等我三個小時，打了二十七通電話，等我驚醒回電話給她的時候，她已經自己到了臺北，就在我站票擠上往臺北的高鐵車廂之後，她傳了一張一〇一的照片，她站在離它很近的地方，她說：「我一個人跨過這個年，但我們的感情，沒跨過去。」

我心一驚，「什麼東西啦！」我下意識喊了出來，車廂裡周遭的人都轉過頭來看我，我趕緊LINE她。

「現在甚至還沒傍晚，我已經上車了，我來得及趕到，還是可以跨年啊。」

「不用了，跨不過去。」

「怎麼會？我趕到一〇一最多傍晚六點多，一定能跨到年啊。」

「不用了，跨不過去。」

「我六點多就到一〇一了，為什麼會不能跨？」

「真的不用了，跨不過去。」

「到底哪裡跨不過去？」

「我心裡。」她說。

我本來不明白什麼意思，直到她封鎖我，我就知道什麼意思了。

跟女孩子跨年其實不是在跨年，是在跨心。

然後我單身了好幾年，一直到遇見彭之芸。

她是我朋友的朋友，而且並非刻意介紹給彼此認識，就是聚會的時候她會出現，我也會出現，打屁聊天慢慢熟識起來，我跟她就是一切都很自然，沒有什麼追求過程，也沒有曖昧階段，確認關係是在酒酣耳熱音樂Pub散場後的計程車上，她的手臂輕輕觸碰我的手臂，說了聲「好累喔」，然後就靠在我的肩膀上。我伸手摸了摸她的臉頰，她沒有拒絕；然後我親她額頭，她沒有拒絕；我親她臉頰，她沒有拒絕；等到我想親吻她的嘴唇，她主動抬起頭來接住我的。

「我要跟她永結同心當上爸爸！」那一秒鐘我就有這樣的幻想。

然後我們交往，進而同居，後面的故事就是前面說的那樣。

直到這張兩條線的照片出現。

我回到家門口，她大概是聽到電梯到樓層叮咚的聲音，她開了門，我跟她就一個人站在門外，一個人站在門內，她看著我，我看著她。

「妳會不想生下來嗎？」我開口。

她搖搖頭，「……不會。」

「那妳願意生下來嗎？」

她點點頭，「願意。」

「那要生下來嗎？」

她看著我，「你他媽是白癡嗎？」

說完，她接過我的背包拿進家裡，然後一把把我拉進去，把門關起來，把我的外套脫掉丟到沙發上，然後抱著我，緊緊地。

「我要當李太太了。」

「好。」

「九個月後我就是李媽媽了。」

「好。」

「你要對我好一點喔！」

「好。」

「吵架你要先道歉喔！」

「好。」

「薪水要開始交給我管了喔！」

「好。」

我像被下了降頭，什麼都好好好好。天啊好、好、好……好可怕。

我們趕緊約了雙方家長一起吃飯討論婚事，目的是趁她肚子大起來之前趕快把婚事辦了，不然婚紗穿起來不好看，婚紗照也不好看。

結果雙方家長對婚事的意見完全不同，什麼照古禮、照現代、要不要請媒人、要十二禮還是六禮、擺幾桌、一桌要多少錢、冷盤要不要有生魚片、鄉下要不要也辦一場，他媽的甚至連要不要吊豬肉都能堅持不下。

我跟她夾在中間，完完整整吵了六個月，六個月，就是六個月，小孩拿不掉了，雙方家長互看不順眼了，我們也愈來愈相看兩相厭了，一切都去了了了。她肚子大了，喜歡的婚紗穿不下去，她媽媽（我可愛的岳母）堅持不讓她挺大肚子結婚，宴客典禮就這樣告吹，最後只剩下去戶政事務所換身分證，連蜜月都來不及去。

她整個怒火悶在心裡無處爆發。

然後兒子出生了，兩個人又為了小孩的事情每天不愉快，光是泡奶的溫度就可以照六餐吵（因為嬰兒四小時吃一次奶），一下子太燙，一下子太冷，她在罵我，我在頂嘴，小孩在哭，她繼續罵，我忍耐一下，忍不住了又頂兩句回去，她更火大，罵得更難聽，我乾脆安靜不說話，她就說我沒用，只會逃避，安靜了不說話就是自知理虧，知道理虧了應該要道歉而不是繃著一張臉在那邊裝死。

就連兒子在睡覺了，我只是蹲在床邊看著他。

「你在這裡幹嘛？」她說，口氣很差。

「沒幹嘛，只是看兒子睡覺。」

「你離他遠一點。」

「為什麼？」

「因為你的存在污染了他呼吸的空氣。」

我真的傻眼，這是什麼莫名其妙的對話？

她是職業婦女，我是職業先生，我們下班後去保母家把兒子接回來的那一秒開始就會進入敵對狀態，而且有時候我先下班接到兒子她還會不高興，好像我是個壞人，抱走了她的孩子。

我身高一八三，她剛好一六〇，每次吵架吵到最後，她就會站到我面前，離我很近很近，用快噴火的眼神，抬頭看著我。

就像那晚在計程車上的她抬頭接住我的嘴唇的角度。

「這真的是那天晚上那個美麗可愛的女人嗎？」即便我知道如假包換，但我心裡依然這樣懷疑著。然後我在想，會不會她用這個角度看著我的時候，也在想著跟我一樣的問題，「這真的是那天晚上那個溫柔大方的男人嗎？」

算一算，從那晚的計程車到現在也才六年多的時間，我們再也不用嘴唇去接對方的嘴唇了，連做愛都沒幾次，我的性需求都是A片女星在幫我滿足的。

兒子出生後幾個月，時間來到了跨年，我在他們睡著之後坐在客廳裡看著跨年節目轉播，等著泡半夜一點的夜奶。

主持人在台上跟著一整票來賓，以及現場十幾萬人一起倒數，十、九、八、七……三、二、一……

「Happy New Year……」我自言自語著，想起大學時那個文青氣質型女友，想起她說過的話。

我一個人，在客廳裡，看著一〇一煙火，跨了年。

但我跟太太的感情，跨過去……了嗎？

我站在房間門口，看著她跟兒子熟睡。

有沒有跨過去，當下我沒有答案。

然後我們去看了帶點婚姻諮商性質的門診，沒想到診斷結果是我有產後憂鬱。

我耶，我耶，我帶把的耶！

我還記得當下我在診間裡忍不住笑了出來，批評醫生的診斷莫名其妙，醫生的臉一整個鐵青，看著我太太，希望她能說句話，結果我太太竟然說：「醫生，你說的沒錯，他真的有產後憂鬱，孩子我生的，他不知道在憂鬱什麼，笑死人。」

說完，她用我這輩子認識她之後從沒看過的，那極度鄙視的眼神，送給我一個最具傷害性的白眼，和一聲最具侮辱性的冷哼。原來那個擅長靈魂攻擊的人，早就已經進化到不需要說什麼傷害性的話，就可以讓一個人晶瑩剔透、明亮無瑕的靈魂出現裂痕，造成九九九九九九九九九點暗影傷害。

「幹拎娘咧！」我沒有罵出來，只是在心裡怒吼了一聲。

看完「醫生」，我一個人走出診所，拿起一根菸塞進嘴裡。打火機都還沒拿起來，她就直接把我嘴裡的菸丟掉。

「你剛剛那是什麼態度？醫生的表情你沒看到嗎？你怎麼會變成這樣？都幾歲了，整個人像個屁孩，在那邊鬧脾氣！你真的以為男生就不會有產後憂鬱嗎？拜託好不好，你好歹也是個資訊工程師，google會不會？要不要我教你？去google一下產後憂鬱症，看看新手爸爸會不會有這樣的症狀，不要總是一副你是男人百毒不侵天下無敵的樣子，你連兒子的奶都泡不好，講過幾次放到冷水裡降溫要計時，這樣兒子才會每次都喝到差不多的溫度，結果你就是不受教……」

「幹！」我罵了出來，「別再說了喔！」

她一聽，瞪大眼睛，那個「吵架沒吵贏乾脆別吵」的性格跑了出來，「罵屁啊！會罵幹很厲害是不是？我也會罵啊！幹！」

然後我就暴走了。

我瞥見路邊一個正在攔計程車的大姊，我一把把她拉開，坐上計程車。

我跟計程車司機說：「隨便開，先離開這裡。」

司機是個年輕人，他看著車窗外兩個女人正在拍打車窗破口大罵，「呃……先生，是那位大姊叫的車耶……」

我怒不可遏，「幹你娘我叫你開車！」

司機被我嚇到，油門一拜。

頓時我的世界，除了引擎聲，一下子安靜了。

三

我在計程車上試圖冷靜下來，但是沒辦法。

我眼前整個畫面、腦袋每個角落，全都是她那個尖酸刻薄、心狠手辣、毫不留情的嘴臉，耳邊環繞的全都是她尖酸刻薄、心狠手辣、毫不留情的罵聲，像是在翻閱一部歷史悠長的古書，裡面記錄的全都是我被她糟蹋的人生，還有那些我被壓迫的生活，我根本就是長期處在一個家庭言語暴力陰影下的受害者。

我愈想愈氣，我怒不可遏，我整張臉整顆頭都在發燙，如果不趕快找個方式發洩，我應該會氣到爆炸。

我把車窗按下來，把頭手身都探出去，用盡我的全力，一聲又一聲地怒吼，像是恐龍被激怒、像是金剛怒火中燒、像是哥吉拉要把整個城市摧毀。

「幹拎娘！」

「幹拎老杯！」

「幹拎老師！」

「我不要這樣！」

「我要自由！」

「臭三八我要自由！」

「我幹拎鄒罵！」

「幹——」

也不知道我喊了多久，夜裡八點多的高雄市區，路上的車流仍然很多，我顧不得他們朝我這裡像看瘋子一樣盯著，我只是想發洩我的怒氣，直到我能冷靜下來。

但我很快就燒聲了。

我坐回車子裡，因為換氣過度還在激烈地喘著。看了一眼前方的後視鏡，那年輕運將正在用後視鏡看我，一看到我瞄了他一眼，他嚇得發出「啊」的一聲，然後立刻裝沒事。

「你有水嗎？」我說。

「蛤？」

「水，你有水嗎？」

「我、我沒有……」

我看了一下副駕，上面放了一個保溫瓶。

「啊不然那是什麼？」我指著那個保溫瓶。

「啊啊啊……」他的語氣在發抖，「那、那是我、我自己的啦……」

「借我喝兩口，可以嗎？」

「蛤？」

「蛤什麼啦？可不可以？」

「可、可以……」

他拿過保溫瓶，我接過來一口一口喝光光。

「啊……」我這才發現沒留給他。

「啊……」他應該是被我的「啊」嚇到，所以也跟著「啊」了一聲。

「拍謝我把它喝光了。」

「啊……沒關係沒關係，你喝就好。」

「等一下我下車會多給你一瓶礦泉水的錢。」

「不用……不用啦……」

「要。」我嚴肅地回他。

「喔好啦好啦要啦要啦……」

「你這車什麼時候買的？」

「蛤?!」他這一聲「蛤」帶著滿滿的驚恐。

「我問你這車什麼時候買的？」

「上、上個月……」

「難怪有新車的味道。」

「啊……是……」

「買多少錢？」

「啊……辦到好……差不多……快一百……」

「要這麼多啊？」

這時剛好停了一個紅綠燈，他轉過頭來看著我，用快哭的表情說：「先生……我不跟你收車資沒關係啦，你不要搶我的車……好嗎？」

「蛤？」

「真的啦，拜託啦，我的車才剛繳完第一期車貸而已……我得靠它過日子啊！」

「誰說要搶你的車？」

「你一直問我車子多少錢啊，不是嗎？」

「我只是要問你，車子這麼新為什麼沒有音樂聽？」

「蛤？」

「又蛤？從我上車開始你就一直蛤一直蛤，不要再蛤了可不可以？」

「可……可以……」

「開個音樂來聽，可以嗎？」

「喔好……」

他按下音響，是重金屬音樂，我搖頭。

他換了音樂，是江蕙的臺語歌，我搖頭。

他又換了音樂，是伍佰的〈樹枝孤鳥〉，我搖頭。

他再換了音樂，是很文青的薩克斯風演奏曲，我點頭。

這一陣對話之後，車室裡除了音樂聲之外，陷入一片寂靜。

等到我差不多冷靜了，氣也消了一半，我抬頭看了一眼計程車計費表，九百七十五元，我摸了摸口袋，只有一張五百塊，還有幾張發票、一包菸、一個打火機，還有一些零錢……

「啊幹拎娘……」我用氣音說著。

「蛤？」運將的聲音在發抖，「怎、怎麼……了嗎？」

「沒事……」我想起我的錢包、手機跟背包全都在我的車上，今天開車載太太一起去看診，車子停在診所附近的停車場，沒意外的話，它現在應該在我家地下室車位上。

「運將。」

「蛤……？」

「載我去陽明路。」我決定先回家一趟，就算密碼被改了進不去也得想辦法。

到了家裡樓下，我把五百塊交給運將。

「我現在只有這些錢，我先給你。」

「這樣就好了……沒關係……」

「不行！我還要多給你一瓶礦泉水的錢，記得嗎？」我抓住他的手，感覺他抖了好大一下，「你在這裡等我，我上樓去拿錢，很快就下來。」

「不用啦……」

我瞄了一下右前座椅背的牌照號碼，「我已經記住你的車牌了。」

「拜託你不要記啦……」

「我等一下還要搭去飯店，你不要放我鴿子，不然我投訴你。」

說完我就走進我家那棟樓，電梯門關起來之前，我還確認了一下，運將還乖乖地在那邊等我。

電梯來到我家樓層，果不其然，她改了密碼，真不意外。

我知道我今天……不，應該說至少這幾天肯定是無家可歸了，我一定要拿到我的背包，不然我會餓死在街頭。於是我按了電鈴，沒多久聽到拖鞋走到門口的聲音，一個陰影擋住了貓眼，我知道她正在看著我。

「我的手機跟錢包都在背包裡，可以拿給我嗎？」

她的聲音從門後傳來，「滾。」

「我沒有手機沒有錢包，沒辦法在外面過夜。」

「關我屁事。」

「算我拜託妳。」

「滾。」

「拜託。」

「滾。」

「欸，這是我租的房子耶。」

「滾。」

「妳一定要這樣是嗎？」

「再不滾我報警。」

說完，那個陰影離開了貓眼，我靠近門一聽，拖鞋聲愈走愈遠，直到她關上了房間門。

他媽的我又火大了。

我爬出梯間的窗戶，想從外面的窗台上繞過去，我心想，窗台很平，只要走個幾公尺，轉個彎，我就可以跳進陽台，打開落地窗。

但站在十一樓高、沒有護欄的窗台真的不是在開玩笑的，從上往下看，社區中庭的造景燈小到只剩下光暈，幾個鄰居在中庭打屁聊天，我走過平坦的窗台，已經成功了三分之一，我試圖伸長手去搆鐵窗架，結果一個腳滑，我整個人一半在空中，只剩一隻腳在窗台上，沒有任何支點能讓我施力。

眼下唯一的辦法是我雙手都抓住鐵窗架，整個人吊在上面，拉著鐵窗架到另一頭的窗台，站上去再幾步就是我家陽台。我深呼吸一口氣，整個人掛在鐵窗架上，像長臂猿一樣一格一格慢慢往前移動，但因為婚後體重有增加的關係，我的手漸漸支撐不住，眼看前面還有好幾格，我卻已經快沒力了。

這時我看到一個小女孩，是我家樓下的鄰居，我記得她叫甜甜，今年六歲。她就靠著窗戶抬頭看著我，像在看動物園的猴子表演。

我掛在半空中，雙腳騰空，手已經在顫抖。

「甜甜，爸爸媽媽在嗎？」我說。

她點點頭。

「可以叫一下他們嗎？」

她又點點頭，「爸比媽咪！」她叫著，但視線黏在我身上。

沒一會兒她的爸媽來了，她指了指窗外，甜甜父母抬頭看到我，媽媽尖叫，爸爸驚嚇，但他的第一個動作竟然是把甜甜抱走而不是救我。

這時甜甜媽媽對著我大聲問，「你是誰啊？」

「我住樓上……」

「樓上？你是李先生啊？」

「對……」

「你怎麼會吊在那裡？」

「說來……話長……」

這時甜甜爸爸跑了回來，「你是誰啊？」

幹拎娘你老婆剛剛問過了，「我樓上李先生。」我還是有禮貌地回答。

「你怎麼會吊在那裡？」

「可以先救我……再問嗎？」

「啊啊啊對對對……啊……怎麼救？」

「叫救護車啊！」甜甜媽媽說。

「他又還沒掉下去怎麼是叫救護車，是消防隊啦！」甜甜爸爸說。

「啊對對對，消防隊。」甜甜媽媽說完立刻開始找手機。

「不用……叫……消防隊……」幹拎娘我真的快不行了……

「那怎麼辦？」甜甜爸爸說。

「你們把窗戶打開點……讓我可以站在窗戶上扶住你家氣窗鐵架就好……」

經過一番折騰，等我慢慢地爬進他家窗戶時，我滿身大汗，身體嚴重顫抖，體力完全透支。

「你怎麼會在那邊啊？」他們夫婦異口同聲地問。

「說來話長……」

「你需要喝水嗎？」

我點點頭，「需要。」

甜甜媽媽離開房間去倒水。

「還需要什麼？」甜甜爸爸問。

「我需要回家。」我說。

四

我沒力氣再當一次蜘蛛人了，我知道。

彭之芸這女人也絕對不會幫我開門，我知道。

眼下我唯一的方法就是去找豬朋狗友們借點錢，甚至是借住，反正先把這幾天度過去再說，之後看是要跟彭之芸拿刀互砍還是簽字離婚都隨便。

拎北豁出去了。

我跟甜甜爸爸借了手機，想打給那幾個豬朋狗友。

但拿著手機，一邊撥號腦袋一邊陷入空白，慢慢地我整個人定格……

「幹拎娘咧電話是幾號啊？」

平時太依賴手機了，要打給誰只要叫一聲「siri」就可以，根本沒在記電話。我翻找著腦袋裡那個龐大但沒裝什麼東西的記憶庫，到底有哪些人的電話是我記得的，想了一分鐘，只有一個。

彭之芸。

幹拎娘我絕對不會打給她！而且打給她根本沒用！

我跟甜甜爸媽道謝，離開他們家時，甜甜還很可愛地跟我說：「有空歡迎再來喔！」結果被她媽媽摀住嘴巴。

我下樓之後，眼前畫面讓我感動萬分，運將竟然還在原地等我！

這是今天一整天發生的最美好的一件事，我的心情瞬間平復了不少。我快步跑過去並上了車，感謝運將說話算話，等我拿到錢一定會給他小費。

「現在請你載我去苓雅路。」我說。

我打算去找魏立達，因為那幾個豬朋狗友中，我只知道他家在哪裡，而且我跟他最熟，我相信他一定會幫我，他還沒結婚，也沒有女朋友，我甚至覺得在他家窩幾天絕對沒問題。

「運將。」

「蛤？」

「現在不要聽演奏樂了，來點輕快的。」

「輕快……的？」

「對，比較符合我現在的心情。」

「那……樹枝孤鳥……可以嗎？」

「可以，很搖滾，ＯＫ的。」

我看了一下他的職業司機證件，發現他的名字叫蔡小虎。

「運將，你叫蔡小虎喔？跟那個老歌星名字一樣耶，誰幫你取的啊？」

「我爸。」

「為什麼會取這個名字啊？」

「因為我屬虎。」

「那如果你屬狗還是屬雞怎麼辦？哈哈哈哈哈。」

運將不說話了。

「啊，沒事，我開玩笑的，你不要介意。」

只見他打開一個機器，那是無線電裝置，他調了一下頻道，拿起話機說：「間隔三拐夭八呼叫。」沒幾秒鐘有人回應了，操著臺語口音。

「三拐夭八請講。」

「路順嗎？」

「還可以。」

「駝鳥有蛋嗎？」

「沒蛋喔現在。」

「蛋臭掉了喔。」

「你喔？」

「是是是。」

「代號幾？」

「洞五四。」

「哇，真的假的！」

「真的。」

「好喔，方位確認。」

我聽不懂他在說什麼，但我從他看後視鏡的眼神中，可以明顯感覺到他已經不是剛剛那個被我嚇傻的運將了。

到了謝立達家，我按了五分鐘的門鈴，沒人應答。我抬頭看了看他住的四樓，燈是暗的，這下情況不妙。

「運將。」

「嘿？」

「請問今天星期幾？」

「星期五。」

慘了，星期五。

魏立達是個海釣狂，每週五都會出海釣魚，他現在一定已經在某艘船上。

我已無計可施。

這時運將走下車，在路邊掏出他的老二，撒了一泡尿，一邊尿他還一邊看我，我只能假裝鎮定，拿出口袋裡的香菸，點燃。

這時他走了過來，「能擋根菸嗎，大哥？」

我把菸遞給他，「自己來。」我說。

他點了根菸之後，深深吸了一口，並且吐出濃濃的煙霧，「你是發生什麼事啊？」

「蛤？」

「你是發生什麼事？一下子沒目的地一下子陽明路一下子苓雅路，整個高雄市區繞了一大圈。」

「沒什麼事，我只是跟我老婆吵架，手機錢包都在車上，車子她開回家了。」

「那你回家拿啊。」

「我回去過了，剛剛陽明路那邊就是我家。」

「沒拿到？」

「沒有，她不開門。」

「啊這裡是哪裡？」

「我朋友家，我本來要來跟他借錢付給你。」

「他不在？」

「對，他星期五都出海去釣魚。」

「那現在怎麼辦？」

「我在想其他朋友的家在哪裡。」

「然後呢？我載你去，這樣嗎？」

「如果你方便的話。」

「你覺得呢？我方不方便？」

「我哪知……」

我話還沒說完，他肩肘就撞了過來，我退了一步，「現在是怎樣？」

「怎樣？你整個晚上把我裝孝維還敢問我怎樣喔？」

「我沒有……」

「沒有？第一趟的車資就快要一千塊，剛剛開過來又三百多，結果你一共只給我五百，還威脅我一定要等你不然要投訴我，這樣叫作沒怎樣喔？」

「我那時候……」

「你不用跟我講那麼多啦，去旁邊站好。」

「蛤？」

「蛤什麼蛤？聽不懂喔？旁邊站好啦！」

我不知道他叫我站好要幹嘛，但我知道現在最好別說話，可我的菸還在他手上，而且他放到他的口袋裡去了。

「那個……」

「怎樣啦？」

「我的菸……」我指著他的口袋。

「還想要回去喔？拿來抵車資了啦。」

「蛤？」

「蛤什麼？」

「……算了，菸送你，所以你到底要不要開車？」

「開去哪裡？」

「去找我朋友。」

「我看起來很笨嗎？明知道你沒錢還載你喔？你乖乖那邊站好等我朋友來就對了。」

「蛤？」

「你不要一直蛤，可以嗎？」

「等你朋友來幹嘛？」

「來了你就知道。」

他話才剛說完，就有一輛計程車停在我們旁邊，接著第二台、第三台、第四台……沒一下子，總共來了八台計程車。

「如果你今天沒拿足夠的誠意出來，別忘了，我知道你家在哪裡。」蔡小虎用他低沉的聲音在我耳邊警告我，話才剛說完，八個凶神惡煞的運將連同蔡小虎一共九個人直接把我圍住。

這下事情大條了。

一個面容猙獰的運將像是首領一樣，他嚼著檳榔，一邊點菸一邊問了蔡小虎現在是什麼狀況，蔡小虎把事情跟他說了一遍，包括我已經忘記的，打開車窗把頭手身都探出去狂吼狂叫狂幹譙那一段。

其中一個晚上還戴著墨鏡的運將突然指著我，「欸幹！就是你喔！哈哈哈哈哈哈……」我一頭霧水，他邊說邊拿出手機，「這幹仔剛剛上新聞了啊！」

「蛤？」首領運將說。

「蛤？」蔡小虎說。

「蛤？」其他運將說。

「蛤？」我說。

然後他們九個人就圍著墨鏡運將的手機看著，我聽得出來那是新聞台主播的聲音，內容是有民眾直擊在高雄市區一位搭乘計程車的男子，不知道受了什麼刺激，半個人掛在車窗外面大吼大叫，全程都被路邊民眾錄了下來……

接著就是一連串把我的髒話嗶掉的聲音，「嗶——」我沒有看到畫面，但我相信那應該很他媽的精彩。

九個運將一邊看一邊笑，還一邊跟蔡小虎討論，蔡小虎說他當時嚇到差點褲底一包，因為他以為我是瘋人院跑出來的，也不知道我身上有沒有武器，搶了別人叫的車，還在車上發瘋，他的車子是新的，而且我坐在後座，如果我要對他不利，簡直輕而易舉，所以他當時非常害怕。

「但是剛剛他拿我的名字開玩笑，我就整個人都不好了。」蔡小虎說。

話音剛落，墨鏡運將收起了手機，其他運將收起了笑聲，首領運將一把抓住我的領口，用他臭氣薰天的嘴巴在我鼻子前面大罵著，「幹拎娘咧你敢弄我家小虎喔？幹拎娘咧你是混哪裡的啊？幹拎娘咧不要以為你裝瘋子我們就會怕你！幹拎娘咧……」他邊罵還一邊巴我的頭，我整個人就要牙起來，要不是他們人多，我早就從他的臉暴下去。

他話還沒說完，一個看起來比較冷靜的運將拍了拍首領運將的肩膀，然後指著右上方，我們十個人一起朝右上方看去……

是一個監視器，發著紅光，表示正在錄影中。

接著冷靜運將還多指了幾個監視器，包括隔壁店家的、路口的、對面全家便利商店的，還有巷子口的。

「運將大哥，我沒有要弄你家小虎……」我試著和平解決，目前也只有這條路。多謝監視器的幫忙，他放開了我的領口，「你不用廢話啦！你讓我們家小虎整個人都不好了，今天他不夠爽，你就不用想離開了。」

他吐了一口檳榔汁。

「然後，我們這些人，車子沒跑，都在這裡跟你這幹仔耗，這些營業損失就看你誠意了啦。」

「我現在身上沒有錢，錢包在家裡。」

「打電話叫人送來啊。」

「我手機也在家裡。」

他掏出自己的手機，湊到我的胸口，「嗯？」我嘆了一口氣，正要接過他的手機，他卻把手機收了回去。

「來，你老婆電話幾號？我打。」

「為什麼？」

「我怎麼知道你是不是真打？你當我北七喔？」

迫於無奈，我說出了電話號碼。

很快地，彭之芸接起電話，首領運將開了擴音。

「喂？彭小姐嗎？」首領運將說。

「你誰？」

「妳先生是不是叫……欸你叫什麼名字？」

「……李建宣。」

「李建宣啦！」

「他很快就不是我先生了。」聽到這句，我開始怒火中燒。

「我知道你們吵架啦，夫妻嘛，床頭吵床尾和啊，兩個人好好聊一聊溝通一下就沒事了，我跟我老婆也一樣啦，吵吵鬧鬧都快二十年了，還不是一樣這樣過日子，人生要少計較一點，才能活得開心一點……」

他突然像齊天大聖東遊記裡囉嗦的唐三藏，我們其他九個人滿頭問號。

「你到底是誰啦？」我老婆火了。

「我是誰不重要啦，妳先生現在有點麻煩啦，麻煩妳把他的錢包跟手機送到苓雅路這邊，他很需要這些東西。」

「他需要那些東西關我屁事！而且你已經吵到我小孩睡覺了！」

我聽到我兒子的哭聲，整個人開始極度不爽了起來。

媽的彭之芸，明明就是妳講話太大聲把兒子吵醒的！

「妳東西不拿過來，妳先生會很慘喔！」

「最好讓他慘到……等等，你是魏立達對不對？」

「什麼魏立達？我還保力達咧！」

「你不用在那邊裝，我知道你們就是一丘之貉，你不要以為跟李建宣串通好我就會同情他原諒他，門都沒有！叫他去死！最好你也跟他一起去！」

「妳這個蕭查某講話在那邊死來死去是在死三小？」

幹你媽的你罵我老婆蕭查某喔？

「不要以為罵髒話我就會怕你，我也會罵，幹！」雖然我看我老婆很不爽，但不得不說彭之芸真他媽帶種。

「幹拎娘機……」首領運將還沒說完，彭之芸就掛了電話，他整個人都不好了。

我也是。

「你罵我老婆蕭查某喔？」我握緊拳頭。

「怎樣？嗆牙了？不爽了喔？」首領運將愈嗆靠我愈近。

我直接給首領運將的鼻梁一記頭槌，然後撞開旁邊的運將，拔腿就跑。

我知道他們車子全都沒熄火，不可能直接跑來追我，一定會去開車，開車追我的話，大馬路上我完全沒勝算，但如果跑在小巷子的話，他們就拿我沒皮條。

而且這附近我很熟。

他們一陣叫罵之後真的跑去開車，跟計畫中的一樣，我只要一直跑在最小條的巷弄，甚至是透天厝後門溝那種兩個人剛好閃身能過的路，我就可以安全離開，然後去報警。

躲了一陣子，我在一條巷子裡找到一台沒鎖的腳踏車，看起來該要報廢了，輪胎沒什麼氣，坐墊上一層灰，輪圈還不是正圓，重點是，騎起來有乖吱乖吱的噪音。但這下管不了那麼多，因為他們開著車在這整個街區繞，我得快點離開這一區。

五

我在想，如果沒有那個頭槌，我的遭遇會不會比較好？但是來不及了，首領運將的鼻子爆血，一切都回不去了。

我在試圖跨過一個路口的時候被他們發現，丟掉腳踏車拔腿就跑，結果跑沒兩步就被小虎的車擋住路，我當下直覺反應，就像電影那樣。

「從引擎蓋翻過去！」

我小時候學過跆拳道，從小四到國三一共六年，六年來都是同一個教練，他把我從一個弱雞帶到有資格參加全國中學運動會，雖然我連八強都沒進，但是能代表自己的縣市參加全國等級的比賽，我爸媽已經覺得很爽了，當然我也是，那可能是我人生的高峰。

我的教練跟我說過一句非常重要的話，他說：「如果一個人能隨心所欲地完成他想像中的動作，那麼他一定天下無敵。」我以為他是在鼓勵我朝更難的目標前進，踢得更高、跳得更高之類的，後來我才知道他在叫我別想太多。

後來是什麼時候？剛剛我從引擎蓋摔下來的時候。

落到他們手裡的下場當然不會太好，他們把我押上車，帶到一個陰暗的停車場角落開扁，我幾次昏厥又被他們倒水澆醒，打到我能吐的東西全吐出來了，最後吐的東西都是苦的，我怒氣值全滿，但身體沒有能力反抗。

我躺在地上喘氣的時候，他們不知道在聊什麼，突然一陣哈哈大笑，然後就用束帶把我的手反綁在背後，九個人改開三輛車，因為開九輛車太麻煩，而且需要有人在車上押著我。他們把我押在小虎車上的後座，用窗戶把我的脖子夾住，然後拿我上新聞的畫面給我看，要我學著做。

但地點不在市區，而是高速公路十號國道，往美濃的方向。

凌晨十二點半，十號國道上某一段幾乎沒有任何車子，就只有我們三輛計程車，一前一後一中間，用超過一百二的時速狂飆，我在中間那一輛，因為脖子被夾，搞到快不能呼吸。

我不叫，他們就肘擊我的肋骨跟後腰；我叫了，他們覺得不如影片精彩，也會肘擊我的肋骨跟後腰。反正不管我怎麼做，他們就是要揍我。

我想念我的兒子，和我的太太。

我把悲憤的情緒化作力量，用盡全身力氣拚命吼叫，畢生所學的髒話全都飆過好幾遍，脖子被夾住導致噁心的生理反應讓我一直在咳嗽、噴口水跟流鼻涕，口水跟鼻涕被強風吹歪，黏在我的臉上，然後很快就乾了，我的眼淚也是。

不過就是一個醫生說我有產後憂鬱而已，我為什麼要這麼玻璃心？

也不知道開到哪裡了，我也真的沒聲音了。

他們下了交流道，停在路邊，幾個人下車在那邊抽菸，討論接下來該怎麼處理我，我就靠在車子旁邊，聽著他們你一言我一語地想讓我痛不欲生。

他們討論的結果，再弄下去可能會把我不小心玩死掉，他們現在要的是錢，不是命，所以想把我載回家，叫彭之芸把錢包交出來，然後去領幾萬塊補償他們的損失，而且不能報警。

「幹你娘你們想得美，你們最好別被我跑掉，不然我一定會報警。」我心裡這麼想著。

但重點不是報警，而是不能讓他們去到我家，我已經不慎被小虎知道我住哪個社區哪棟樓了，我不能再讓他們知道我住在幾號幾樓。

「不能去我家。」我吃力地說著，燒聲真麻煩。

「你以為這是你能決定的喔？」首領運將說。

「我現在臉被打成這樣，你們再押著我回去，樓下保全一定會覺得奇怪，就算我拿到錢給你們，他也一定會報警，你們就只是想拿點錢而已，不希望再多什麼麻煩吧？」

他們聽完，互看幾眼，可能覺得我說的有道理，「所以呢？」

「錢，你們給我帳號，我明天匯給你們，我保證不跑帳。」

「幹你娘你當我們白癡？」

「不然，就是載我回市區，我去找我朋友借，你們一人拿一萬，一共九萬，可以吧？」

「幹！不要唬爛！」小虎說，「你朋友明明就不在家！」

「我還有別的朋友，我可以先打電話，用免持聽筒，讓你們都聽到。」

他們聽完，又互看了幾眼，首領點頭答應，我再次被押上車。

車子高速駛在國道十號往高雄市區的路上，我被他們逼問電話，卻怎麼也想不起來。

「幹你娘咧！」我又吃了小虎一個肘擊，「你又在裝孝維了是不是？」

「給我一點時間，我想一下電話號碼。」

「沒關係啦！我們先載他回去車行，如果他還是裝孝維，我們再來好好處理。」首領運將說。

到了他們車行，一個人下車去把車庫門打開，裡面停了至少有十幾二十台計程車，我被他們拖下車，帶到一個應該是他們平時在泡茶聊天的地方，我請他們把我的束帶解掉，他們沒答應。

「來！」首領運將拿出手機擺在桌上，「你可以打電話了。」

「我手綁著沒辦法⋯⋯」

「我幫你服務。」小虎說。

這時其他幾個運將決定回去把剛剛臨時停在路邊的車開回來，車行裡剩下首領、小虎、墨鏡哥，還有我。

一對三，我只要先撂倒一個，另外兩個一定抓不到我。

「我記不住電話號碼。」我說。

話才剛講完，小虎就巴我的頭。

「你沒想起來就準備吃這個。」他把拳頭亮在我眼前。

「我是說，我記不住全部的，其中有個號碼不確定……」

「什麼意思？」

「就是我們最多要撥十次就能找到我朋友。」

「來，你說，幾號？」

「可以先讓我去上個廁所嗎？我被你們打到屎已經到肛門口了。」

「幹拎娘你怎麼這麼煩？」小虎大聲罵著，同時看了首領一眼。

首領點頭，「先給他去，我們這裡三個人，他跑不掉。」

小虎帶我來到廁所，途中他說了一堆廢話。

「你如果給點尊重，現在就不是這個局面了。」

「你沒嗆我說要投訴的話，我也不會在那邊等你。」

「最讓我不爽的是，你拿我的名字開玩笑。」

「幹拎娘咧我最度爛就是有人拿我名字開玩笑！」

「你知道上一個拿我名字開玩笑的人是什麼下場嗎？」

「我嗆聲說要娶她，她給我跑掉，註定要躲我一輩子！」

「哈哈哈哈哈哈哈……」

他說完自己在那邊笑，我實在不懂這是什麼幽默感。

到了廁所門口，我背對著他，示意請他把束帶剪掉，他不願意。

「可是這樣怎麼擦屁股？」

「關我屁事喔？你自己想辦法。」說完就把我推進廁所，重重甩門，「我在外面等你啊，別想給我亂來。」

進了廁所，我趕緊找工具把束帶剪開，但裡面什麼都沒有，除了小便斗、馬桶跟洗手台，就剩下一個對外窗……

對外窗！幹！

我踩到馬桶上往窗外看去，後面是一條小路，路燈昏暗，一個人都沒有，因為窗戶有點高，我只能試圖用我的下巴把窗戶推開，試了好幾次，徒勞無功，反而被一個利器弄傷下巴，我定睛一看，窗框上面有一條半生鏽的鋸片。

我用下巴把鋸片輕輕推出來，然後用牙齒咬下來，輕輕放在地板，不發出任何聲音，然後再用背後的手拿起鋸片，調整好角度，開始鋸束帶。我一邊鋸還一邊發出正在用力大便的聲音，讓外面的小虎知道我還在拉屎。

沒多久，束帶被鋸開了，但我沒有把束帶丟掉，而是用手指夾住，裝作我還被綁著的模樣，我按下了馬桶沖水，敲了兩下門，小虎把門打開，他嘲笑我，「屁股有擦乾淨嗎？」

「你要檢查嗎？」

「哎唷，耍幽默哪！幹拎娘你等等沒拿到錢我就會好好給你檢查了啦！」

小虎把我用力推向泡茶桌邊，壓著我的肩膀讓我坐下來，我看了一下牆上的鐘，已經半夜兩點。小虎拿起手機，「來吧！」他說。我把我的電話號碼後三碼，拼我公司電話號碼的後三碼，然後騙他們我忘記的是前面的第四碼。

「我們先從〇九三一開始，最多到〇九三〇。」我說。

小虎拿起電話，開始撥號，並開啟擴音。

〇九三一　××××××，電話是空號。

〇九三二××××××，電話響了，但是沒人接，轉語音信箱。

〇九三三××××××，電話響了，是個阿姨，聽得出來她在打麻將。

生。

○九三四××××××，電話是空號。

○九三五××××××，電話響了，是個很年輕的聲音，沒意外應該是個大學生。

○九三六××××××，電話響了好幾聲，就在快要進語音的時候，電話接通，那邊傳來震耳欲聾的音樂聲、洗八豆在瓷碗裡的跳動聲，還有一群女生嘻嘻哈哈的笑聲，一個帶著菸酒嗓的男人接了電話。

這一定是在酒店，音樂聲開這麼大，女生笑得這麼開心，現在氣氛一定很嗨，他一定聽不清楚我在說什麼，而且已經喝到兩點了，他一定帶著醉意。

我的機會來了。

「喂！」對方大聲地說。

「喂！阿達！」

「你誰？」

「是我啦！」

「嘿！你這是誰的電話？」

「朋友的啦。」

「蛤？」

「朋友的啦。」

「蛤？」

「朋友的啦！」

「喔！嘿！安怎？你要過來喔？」

「你現在還在喝喔？」

「蛤？」

「你還在喝喔？」

「對啊！你要過來喔？」

「好啊，我過去找你，哪裡？幾號包廂？」

「蛤？」

「哪間店啦？幾號包廂？」

「你工啥？」

「哪間店？幾號包廂？」

「喔，百富啦，K9。」

「百富K9，好，我馬上到。」

電話掛掉，首領、小虎跟墨鏡哥三個人同時看著我。

「你現在的意思是，我們又要載你去百富酒店？」小虎說。

「不然呢？我自己去嗎？也可以，先麻煩你們借我一點計程車錢，不遠啦，大概一百多塊就夠了。」

首領起身，坐到我旁邊來，手搭在我的肩膀上，用他的口臭跟我嗆聲，「李先生，拍謝啦，我一直沒有跟你自我介紹，我叫阿奇啦，年輕的時候江湖上叫我瘋奇，你知道為什麼叫瘋奇嗎？」

「為什麼？」

「等等去到百富，如果我們沒拿到錢，你就知道了。」說完，他拿出車鑰匙。

我們又上車了。

六 ◀◀◀

在往百富的路上，我心裡忐忑不安，我不知道剛剛接電話的是誰，我更不知道那間包廂裡有多少人、他們又是什麼樣的人，我連走進去該找誰都不知道。

我問了坐在我旁邊的墨鏡哥，「有沒有口香糖？」

他一邊掏口袋一邊調侃：「你現在還有心情吃口香糖喔？」說完，遞了一條青箭給我，因為我還在假裝手被綁著，所以他把青箭塞到我嘴裡。

連同包裝紙，幹拎老師……

我一邊嚼一邊用舌頭把包裝紙吐出來，期待口香糖能幫助我思考，隨著目的地愈來愈近，我的思考愈來愈清晰……我指的是腦袋一片空白的那部分。

到底是誰說嚼口香糖可以幫助思考的？幹拎老師……

到了百富酒店，他們把車停在不遠處的路邊，因為他們自己也知道沒看過計程車開進去叫酒店小弟泊車的。

下車的時候，小虎指著我手上的束帶問阿奇，「這個怎麼辦？」

奇大從後車箱拿了一條修車時用來擦手的破毛巾，把我的手包起來，這時小虎又指了指我腫得像豬頭的臉，「啊這個怎麼辦？」

「有沒有帽子？」阿奇問。

「沒有。」小虎搖頭。

「安全帽？」

「怎麼會有那種東西？」墨鏡哥說。

「那管他去死！」

於是，就這樣，他們三個人押著我走進酒店，少爺跑出來問我們是要消費還是找朋友，但他的視線從沒離開我臉上，我知道，我現在看起來很可怕。

少爺帶我們進電梯，這電梯還滿有氣質，竟然還播放著爵士鋼琴樂。

進K9包廂之前，我停下腳步，請少爺先離開。小虎歪著頭瞪我，問我想要什麼花樣。

「我先進去，跟我朋友說一聲。」

「為什麼？」

「因為裡面有他其他的朋友，他那些朋友我也不認識，你們這樣走進去很失禮，而且……」我指著我的臉，「你覺得我這樣進去，他們不會覺得奇怪？」

這時阿奇捏著我腫起來的臉皮，「一起進去，沒得商量。」

說完，他把包廂門推開，轟隆的音樂聲立刻從裡面湧出來，還瀰漫著一股塑膠味，包括陪酒的女孩子在內，裡面大概有十幾個人，看我們走進來，就像看到空氣一樣，根本沒人理我們。我看了一下地上的威士忌空酒瓶，隨便算都有四、五支，而且桌上還有一些白色粉末……

酒精加毒品，嗯，我確定他們都ㄎㄧㄤ了。

阿奇問我哪一個才是我朋友，我選了一個看起來最凶的，用下巴示意那個坐在正中間，正被兩個胸部都快掉出來的女生夾住大腿的那一位。

因為音樂太大聲，所以我只能靠近阿奇的耳朵旁邊說話。

「那是我朋友阿達，我先去跟他說一聲。」我說。

「不用！我自己跟他講。」阿奇說。

只見阿奇走過去，撥開兩個女生的大腿，坐到那個大哥旁邊，他一邊指著我一邊說話，也不知道他在說什麼。那個大哥看了我一眼，像看到鬼一樣，站起來走到我旁邊。

「啊你怎麼被打成這樣？」大哥身上跟嘴裡全都是塑膠味。

「我也沒辦法……」

接著大哥轉過頭，對著阿奇說：「你把我的人打成這樣？」

阿奇站起身走了過來，「你不要跟我說那麼多，錢拿出來我們就走，不打擾你在這邊開心。」

「什麼錢？」

「你朋友欠我們九萬，九萬是他自己答應的。」

「你們把他打成這樣，還來跟我要九萬？」

「你自己說他是你的人，現在他欠我們九萬，你不用負責喔？」

因為他們愈講愈大聲，旁邊幾個酒客也圍過來了，還叫小姐把音樂轉小聲一點，他們不約而同地都先注意到我的臉，「哎唷喂啊怎麼打成這樣？」然後就是轉頭對著小虎跟阿奇大罵，「幹拎娘你們把人打成這樣是什麼意思？」

阿奇看情勢不對，掄起桌上還有半瓶酒的酒瓶，「現在是怎樣？態度這麼差是要輸贏是吧？」阿奇不愧是瘋奇，這種情況還敢拿酒瓶嗆聲。

大哥也不爽了，「你現在拿酒瓶想幹嘛？」話剛說完，一個酒客拿菸燙了阿奇拿酒瓶的手，酒瓶掉到地上，發出「哐砰啷」一聲。

阿奇立刻變臉，一聲髒話伴著一記直拳從大哥的臉上暴下去，現場女生開始尖叫，頓時小虎、墨鏡哥、阿奇跟那五個酒客打成一團……

啊，應該說是四個，因為大哥已經倒在地上。

一下子場面混亂，才沒幾秒鐘的時間，酒瓶酒杯麥克風四處飛，我趁機會想逃走，卻被小虎一把抓回來，直接摔倒在地，我忍痛拿起地上的空酒瓶回頭就往小虎頭上砸，結果砸到另外一個酒客，他直接趴到地上慘叫。

我一邊道歉一邊架住小虎，勒住他的脖子，這時一堆酒店少爺衝進來，想把我們全部架開，小虎一聲怒吼，力氣突然暴增，我一下子被他過肩摔，小腿撞到桌角，痛到大叫。兩個少爺衝上去把他架住，還一邊勸說：「好了好了別打了……」

我趁機會跑掉，也顧不得自己的腳痛，能跑多快就跑多快，撥開在酒店走廊跟大廳看熱鬧的客人、小姐跟少爺，衝出酒店。

半夜的路上沒什麼車，我就直接在路上狂奔，我希望能遇到正在巡邏的警察，半夜有人在路上狂奔，他們一定會有反應。這時我回頭一看，小虎也在後面狂追，一邊追還一邊罵髒話，我也回敬他幾句，他說要讓我死，我說你來啊他媽的。

跑了好幾個街區，別說警車了，連車子都沒看見幾台，就在我快精疲力盡的時候，前面路口一輛摩托車正在停紅燈，我決定去請他幫忙，騎士是個年輕人，手把上掛著他剛買好的鹹酥雞，剛靠近就聞到味道，很香。我直接坐到他的後座，請他騎車，只聽他說了一句「幹拎娘咧你誰啊」，他就直接油門一拜闖紅燈衝出去，我被甩落在地上，還在翻滾的時候就聽到碰一聲，他被車撞到，在空中翻了一圈……

喔對，還有他的鹹酥雞也是。

我一邊道歉一邊繼續狂奔，看了看路牌，左轉再過兩條街就是愛河！

靈機一動，我立刻轉彎往愛河跑去，眼看愛河愈來愈近，後面的小虎也愈追愈近，就在我剩幾步路要跳進愛河裡的時候，他追到了我，抓住我的衣服，我回頭就是一拳，但打在他的腦袋上，我的手痛到直衝腦門，但沒時間在那邊叫了，我立刻跳進水裡。

這一定是我離開游泳隊之後游最快的一次，甚至可能比我還在游泳隊時還快，感覺才沒多久時間，就已經游到了愛河中間，我浮出水面，回頭一看，小虎在岸上對我比了中指，我也回敬他一個中指，然後我就看著他的背影離開。

我終於安全了。

七

我一身濕答答地到了警局，對著值班台的員警，第一句話就是：「幹拎娘咧我要報案。」

員警站了起來，身高好高，應該超過一九〇公分，「你說什麼？」他看起來對剛剛那個幹拎娘不太高興。

「啊對不起，講太快了，不好意思，那是語助詞啦，我是說我要報案。」

「你的臉怎麼了？」

「這就是我要報案的原因。」

「你被打是不是？」

「對。」

「啊你怎麼全身濕成這樣？」

「我剛剛游泳過來。」

「蛤？游哪裡？」

「愛河。」

「愛河？」

「對。」

「你被打到掉進愛河喔？」

「不是，我自己跳的。」

「你自己跳的？」

「對。」

這時來了另一個警察，他看了我一眼，一九〇警察叫了他一聲「學長」。

這時學長說：「啊你的臉怎麼了？」

「他剛剛問過了。」我說。

「他說他被打啦。」一九〇警察說。

「啊你怎麼全身濕成這樣？」學長說。

「他剛剛也問過了。」我說。

「他說他游泳過來。」一九〇警察說。

「游過來？游哪裡？」學長說。

「他剛剛也問過了。」我說。

「愛河。」一九〇警察說。

「愛河？」學長說。

「我們可以先進去坐著說嗎？」我提出了要求，「因為我好冷，我想要一杯熱水。」

警察把我帶進裡面，給了我一條毛毯跟一杯熱水，開始報案程序。

「誰打你？」一九〇警察開始問話。

「計程車司機。」

「計程車司機？幾個人？」

「九個。」

「九個打你一個？」

「對。」

「啊你還能跑掉？」

「對。」

「哇賽你天生神力耶！」

「我算運氣好。」

「啊他們人呢？」

「有三個在百富酒店。」

「三個？」

「對，他們後來分開了。」

「後來分開了？他們九個先一起打你，然後分開了？」

「對。」

「那你怎麼知道有三個在百富酒店？」

「應該說有兩個在百富酒店，另一個現在應該還在馬路上跑回去，也可能已經跑到了。」

「什麼意思我都聽不懂。」

然後我把事情始末講給一九〇警察聽，本來只有他一個聽眾，後來學長也來了，講到最後，整間警察局的警察都來了，連穿著吊嘎跟短褲本來應該在睡覺的都來了，七、八個人圍在我身邊聽我講古，他們聽到我在小虎車上大吼大叫那一段時，跟阿奇他們一樣，又有一個警察拿出手機播給所有人看……

我真想知道那個影片的點閱率到底有多高。

可能是我今晚發生的事太離奇，他們聽得津津有味、驚叫連連，當我把故事全部講完了之後，一九〇警察竟然忘了把它打成筆錄……

「拍謝拍謝，我們現在開始把筆錄做起來。」

我看了一下牆上的時鐘，天啊已經快四點了，「這會做很久嗎？」

「不會不會，我打字很快。」

「喔好……」

「你有帶證件嗎？」

「我整個錢包都在家裡……」

「啊對喔……」

「……」

「來，你的姓名？」

「李建宣，木子李，建國的建，宣導的宣。」

「出生年月日？」

「七十七年八月十一日。」

「身分證字號？」

「E一二四××××××。」

「地址？」

「高雄市三民區陽明路××××××。」

「好，你說你在診所跟太太吵架……」

「對。」

「然後你攔了計程車離開診所，她就把車開回去了？」

「對。」

「後來你發現錢包都在車上，所以叫司機開去你家？」

「對……啊！」

我心中大驚，驚到我感覺聽到有東西撞了一下我的胸膛，我立刻站了起來，身體開始不自覺地發抖。

「他知道我家……」我自言自語著。

我立刻甩掉身上的毛毯，直接衝出警局，一九○警察還在後面喊著，「欸！筆錄才剛剛開始啊！喂！」

我在路上狂奔，小腿的疼痛愈來愈劇烈，但我沒辦法停下來，我只要想到家裡老婆帶著小孩，我心裡就好慌亂，我想快點回到家裡，但是他媽的，這裡離我家還有好幾公里啊！

我邊跑邊在心裡思索著最短的路線，我應該直走中正路，然後在技擊館左轉，跑高速公路旁邊的小路，然後再右轉陽明路……對！這樣最快！

我沿著中正路往高速公路的方向狂奔，還沒跑到中華路，我已經喘不過氣了，我坐在人行道上，大口大口地喘氣，「他知道我家……」我愈想愈害怕，又愈想愈恨，開始甩自己巴掌，有一巴掌失手只甩到鼻子，鼻血直接流了下來，我用衣服擦一擦，一陣心酸衝上腦門，我的眼眶瞬間一片模糊。

老婆對不起……兒子對不起……

這時一輛車停在我的眼前，黃色的，就是計程車的顏色。

我嚇了好大一跳，往後退了幾步，只見那計程車把車窗搖下來，一個阿北看著我說：「少年仔，要坐車嗎？」

「要！」我立刻上了車，跟阿北說我要到陽明路，請他加快速度，我要趕去救人。

沒想到這個阿北是個高手，他一路狂飆，連鎖信號的綠燈他沒有一個錯過的，除了有測速的路口他會慢一下之外，其他的連紅燈亮了他都一樣一路按著喇叭搶過去，才一下子就來到中正路交流道，這是他甘願停下來的第一個紅綠燈。

「阿北，你開車非常狠喔！」我說。

「我肺癌末期，醫生說我最多只剩半年，所以我什麼事都得用最快的速度解決。」

「為什麼不治療？」

「有在治啦，但治也沒用，就跑車多賺點，留給太太跟女兒。」

「為了女兒，拚到最後一秒，對嗎？」

「對，誰叫我有太太跟女兒呢？」

誰叫我有太太跟兒子呢？沒有選擇，只能為了他們拚到最後一秒。

很快地，我家到了，我請阿北等我一下，我去跟保全借錢。

我才剛走下車，就一眼瞥見停在不遠處的一輛計程車，定睛一看，幹拎娘，是小虎的車，而他人就站在車子旁邊。

這時他也看到我了，丟掉手上的香菸，打開車門，拿了一支球棒下車。

「你過來！」他大喊一聲，聲音在兩邊房子迴盪。

「你在那邊等我！」我說。

我走進家裡，請保全叔叔替我先付計程車錢，我順手抄了一把在櫃檯旁邊的掃把就要衝出去，保全叔叔叫住我。

「剛剛有個很凶的人拿著球棒來找你。」

「然後呢？」

「他說他是你朋友，要我幫他按電梯上樓，我當然不肯，哪有人找朋友在拿球棒的？」

「結果呢？」

「結果他看了一眼監視器就跑出去了。」

「他現在還在外面，我去解決他。」

「要不要打內機給你太太？」

「不要，」我說，「她帶孩子很累，讓他們睡覺。」

「那……先報警吧？」

「不，什麼也別做。」

「……好吧……那你等一下……」

「怎樣？」

「你拿個掃把怎麼打？」說著，保全叔叔從櫃檯底下拿出一支鋁棒遞給我，「這個給你。」

我拿著鋁棒，走出社區大門，跟計程車阿北說了聲謝謝，「還好有你幫我趕路。」我說。

然後我拎著鋁棒，朝小虎走去。

小虎也朝我走過來，他大罵一聲髒話，開始奔跑，一棒就劈了過來。

本來以為可以用球棒解決他，結果打沒幾下我們的球棒就都噴掉了，後面只能肉搏，一打一我是沒在怕的，好歹我跆拳道二段的，雖然那已經是好久以前的事了，但他的體格不錯，手很有力，我擋了幾拳，手臂痛得快舉不起來。

我心想這樣不行，我得想辦法從後面架住他，讓他的拳頭揮不到我，最好是制住他的脖子，把他勒昏。

我找了一個機會，在他出拳的時候繞過他的身體，雙手盡全力勒住他的脖子，他用力要扳開我的手臂，發現扳不開，索性用指甲用力抓開我的皮膚，我痛得大叫，鬆了點力，他突然大喝一聲……

「是過肩摔！」

幹拎娘我剛剛才吃過一次虧，不會再吃第二次！

我把手鬆開，身體往側邊一跳，在他彎腰的同時，一腳從他臉上踢下去，但我踢歪了，踢到他的腦袋，幹，他的腦袋有夠硬，但這一腳也夠他吃了。

他一倒地，我立刻從他背後束住他，他還想反抗，但應該是有被我踢到頭暈的關係，力氣明顯小了很多。這時警笛聲從遠方傳來，而且愈來愈近，我就這樣把小虎勒著壓在地上，直到警車停到我們前面，後面還有第二台、第三台。

我猜，應該是附近的鄰居看到打架，報警了。

從第一台警車下車的是一九〇警察跟他的學長，他叫我放開手，把我們拉開，小虎可能已經被我打趴了，他是被拖著走的。

一九〇警察說，雖然我說的故事很扯，但他一看到我衝出去，口中還唸唸有詞，就直覺事情不太對，趕緊開車出來追我，但是不知道我跑往哪個方向，回去調監視器，發現我上了計程車，他就用路監連鎖系統一路追蹤阿北的計程車，最後停在了陽明路，研判我趕回家是為了妻小。

這時，我在警車閃爍的警燈縫隙中，看到我太太抱著熟睡的孩子，在保全叔叔的引導下朝我走過來，我的眼淚差點噴出來，還好我有忍住。

「雖然你叫我什麼也別做，但我覺得不管是報警還是叫你太太下來，我都得做。」保全叔叔說。

「你怎麼弄成這樣？」我太太皺著眉頭，怔怔地問我，眼神像在看著一個不認識的人。

「妳先生喔……」一九〇警察在旁邊搭腔，「今天晚上的故事可精彩了。」

彭之芸一聽，一臉不可置信地看著我，「你到底是發生什麼事？」我一聽，想了一下，突然笑了出來。

「我只是忘了錢包跟手機。」我說。

我太太推開我，走向一九〇警察，「事情結束了嗎？」她問。

「不好意思喔李太太……」他說，「我們得先把他帶回警局，因為他剛剛筆錄還沒做完，而且他在街上跟別人打架，我們會先用社維法來處理。」

「阿 sir，我可以先跟太太說幾句話嗎？」

「可以。」

我把太太拉到一邊，「老婆，對不起，我產後憂鬱，給妳找麻煩了。」

「我到現在還不知道你發生什麼事……」

「說來話長，我回來再慢慢跟妳講。對了，妳身上有二十五塊嗎？」我老婆把口袋朝向我，我伸手進去，拿出了一百元。

然後我走向被押在警車裡的小虎，他還在用力地喘氣，看樣子我剛剛勒得他很不好受。

「小虎，這是答應你的礦泉水錢，不用找了。至於車資，等我回家拿到錢包再說，可以嗎？」我把一百塊丟在他的大腿上，他看了鈔票一眼，沒說話，只是冷冷地瞪著我。

「啊對了，」我說，「你也不用打電話叫阿奇了，他現在應該在忙。」

「為什麼？」小虎說。

「因為我游上岸之後，在去警察局之前，用路邊的公共電話撥了一一〇，跟警察說，百富的K9包廂很精彩……」

「你不是沒錢？為什麼可以打一一〇？」

「公共電話打一一〇跟一一九都不用錢，你不知道嗎？哈哈哈哈哈哈哈……」

這個故事的完成日期是十天前，二〇二四年四月十七日。

這天，警方開始搜山。

賣故事的人

阿魯算有點才華吧。

唱歌還不錯，文筆很頂尖，從小成績好，書也看不少，知識量算多，朋友卻很少，本來他覺得未來應該去當個工程師之類的，但是那個花了他七個月才追到的女朋友在交往六個月後就跟別人在他宿舍上床，還把保險套包裝丟在他的桌腳邊……

於是他成了小說家，賣的是自己這次失戀的故事，因而大紅。

他在網路上寫過一句名言，轉載次數數以萬計，載到後來都沒人記得那句話到底是誰寫的了。

他說：「最完美的死亡，是沒有任何人知道你去哪裡，包括地獄。」

阿魯算有點才華吧。

他在網路上寫過一句名言，被轉載的次數數以萬計，載到後來都沒人記得那句話到底是誰寫的了。

「最完美的死亡，是沒有任何人知道你去哪裡，包括地獄。」

阿魯唱歌還不錯，文筆很頂尖，從小成績好，書也看不少，知識量算多，朋友卻很少，本來他覺得未來應該去當個工程師之類的，畢竟他大學主修跟ＩＴ有關，但是那個花了他七個月才追到的女朋友在交往六個月後就跟別人在他住處上床，還把保險套包裝丟在他的桌腳邊，他就知道這個女人不能要，他非常果斷地跟她提分手，而她還在裝傻。

「為什麼？」她的演技還算可以，那個力道、那個頓點有出來。

「因為妳偷吃。」

「你憑什麼這麼說？」她在這句話加了點哭腔，不錯不錯。

「因為這個。」他拿出保險套包裝。

「那是你前幾天幹我的時候用的啊！」哭腔拿掉了，用些許的憤怒和悲痛替代。滿屌的，這情緒轉換間幾乎無縫，跟她的感情生活一樣。

「我都用衛生所免費的，這個是戴銳斯。」

她啞口無言。

自認有性愛上癮症的她征戰過多少男人，卻沒想過要注意保險套的包裝，這是她的失策，應該列入改進要點。

但她是真的滿喜歡阿魯的，因為他唱歌好聽，情書寫得啵棒，長得普普但挺有幽默感，身高夠，也沒什麼贅肉，帶出場至少也有個七、八十分。但在夜店新認識的男生身材頂級、長相頂級、舞技頂級，連床上功夫也頂級，本來他們在汽車旅館尬完就應該各自閃人了，卻貪那多一點溫存的時間，所以他決定送她回家……啊，不，是她跟阿魯一起住的家，下車前兩個人又親到分不開，計程車司機找錢時的配樂是她被吻到爽快的低吟。

「再來一次？」他問。

「好！」她說。

然後？然後就GG了。

隔天阿魯從老家回來，打開門就看到桌腳邊有個亮亮的東西，他坐在那邊兩個小時，就只盯著它看，想像他們的戰鬥有多激烈，他心裡就有多不爽。

「幹你娘咧。」他從不罵女友髒話，所以要趁現在她還沒回來快點罵一罵，因為她回來後就要拿著東西滾蛋，好聚且盡量別不好散是他的宗旨。

他趕她出門時還替她提行李下樓，順便幫她叫了計程車，他覺得這樣已經算有情有義、仁至義盡，等等她上車後門關上的那一刻，她要去哪裡跟誰尬，都跟他無關。

引擎聲遠離後，「幹拎娘咧！」他忍不住又罵了一次。

摸摸自己口袋，還有幾百塊，走到附近全家便利商店買了兩手金牌，今天沒喝醉應該是睡不著了。

結果他喝到頭昏昏還是沒睡著，視線三不五時就盯著那個發現保險套包裝的地方，他對那個地方產生了仇恨感，然後以該點為圓心，十公尺範圍為半徑，畫了一個圓，頓時整個房子都充滿了仇恨感。

接著一陣心酸莫名地襲來，速度之快，像是在身上淋上九八無鉛汽油之後點火燒起來一樣，他暴哭了一陣，眼淚跟鼻涕全部混在一起，直到他終於哭累了睡著。

早知道不用買酒了，哭就好了。

都已經退伍兩個月了，還沒找到工作，酒錢省下來吃便當還能過好幾天。

一早醒來，他覺得臉皮好緊，像有什麼東西捏住他的口鼻，他走到廁所照鏡子，發現臉上有一層半透明的薄膜，媽的那是他乾掉的眼淚跟鼻涕。他看著那層薄膜，愣在原地好幾分鐘，「原來失戀也有證據……」他說。

他打開電腦，想藉他拿手的文筆抒發心情，但也不知道要寫什麼，於是想都沒想，就順著感覺寫下去，就寫了一個男生，怎麼面對他失戀的那段日子，然後貼到他平時就有在發表作品的小說網站上面。

他註冊那個網站好多年了，從他高中到現在，他在上面發表過上百篇文章，大多是散文，也嘗試過小說，但點閱率很低，全部加起來也不到一千。

結果這篇為了失戀而寫的東西，被經營網站的出版社編輯看見了。

阿魯算有點才華吧。

唱歌還不錯，文筆很頂尖，從小成績好，書也看不少，知識量算多，朋友卻很少，本來他覺得未來應該去當個工程師之類的，畢竟他大學主修跟ＩＴ有關，但是那個花了他七個月才追到的女朋友在交往六個月後就跟別人在他宿舍上床，還把保險套包裝丟在他的桌腳邊……

於是他成了小說家，出了第一本小說，叫《再見了，婊子》，賣的是自己這次失戀的故事，他給自己取了一個筆名，叫日光魚。

他的好朋友阿吉問他為什麼取這筆名，他說因為他姓魯，魯就是魚字下面加個日，但叫魚日或日魚都不好聽，加個光字就整個漂亮起來，而且這樣比較中性。

阿吉想不清所以然，「為什麼要中性？」

「因為中性一點好像比較會暢銷。」

「你哪來這種靈感？」

「藤井樹一開始也沒人知道他是男是女，超級中性，你看他書賣成那樣。」

「人家是藤井樹，你哪根蔥？」

阿吉的冷嘲並沒有什麼作用，阿魯的第一本書就紅了，而且是爆紅。

這年是二〇一一年，他二十三歲。

二

阿魯從小跟父母的關係就不好，尤其是母親。

阿魯的父親是個生意人，交遊廣闊人脈發達，在外應酬打屁高談闊論，在家除非不得已，否則絕不說話。對阿魯來說，父親就像空氣，看不見、聽不見，但是沒他會死，因為他是負責賺錢養家的人，而他也真不辜負這個使命，除了賺錢，其他的他一概不管，包括阿魯跟太太的死活。

阿魯的母親心裡有病，年輕時長得漂漂亮亮的，但腦袋不太靈光，以為嫁個會賺錢的老公就能幸福一輩子，沒知識沒內涵也沒氣質，一輩子最在意的事情就是面子，很怕別人瞧不起她，人生一有什麼波動就開始胡思亂想，還沒四十歲就患了憂鬱症，最拿手的技能是情緒勒索。

她很愛阿魯，卻總是用情緒勒索來表現她的愛。

她丟掉阿魯的公仔，「收集那些東西根本沒用，我這是為你好。」

她燒掉阿魯的漫畫，「看那些東西沒用，你應該去看書。」

她不讓阿魯打電動，「這是浪費生命的東西，我要拿去丟掉。」

她為阿魯排滿補習班，「我要讓別人的媽媽知道，你是最優秀的。」

阿魯跟她起了爭執，「對啦，長大了啦，比媽媽懂得多了啦，媽媽沒用了啦。」

這還是正常的時候。

當憂鬱症發作時，雞毛鳥屎那麼點大的事情都能鬧自殺，「你剛剛那個眼神是怎樣？很希望我去死嗎？」「我只是想跟你說說話也不行，是想要我去死嗎？」「我死了你就輕鬆了啦。」「我真希望今天晚上我睡著之後不要再醒過來了。」「我死了把我燒一燒丟海裡就好，不用麻煩你每年來拜我。」

死這件事掛在母親嘴裡久了，他也就無感了。

到後來他還會覺得好笑，一天到晚死來死去的，妳是到底要不要死？

阿魯國小成績優異，他覺得媽媽開心他就開心；國中時進入青春期，被自然喚醒的叛逆讓他開始學會思考為什麼媽媽的開心讓他不開心。想聊聊，被父母權威壓抑；

想討論，被指責才幾歲懂個屁；想翻臉，被轟到半夜會惡夢驚醒；直接翻臉，被扁到全身瘀青。

後來，阿魯就乾脆不說話了。

於是一家子才三個人，一個整天不在家，就算在家也不會說話；一個整天在家，但在家也不知道在幹嘛只會罵人跟情勒；一個一天到晚想離家卻離不開，出門上學開心得像樂透中頭獎，放學回家痛苦得像要下地獄。

那首〈我的家庭真可愛〉，每次都被阿魯唱成「我的家庭操機掰」。

阿吉問過阿魯，「你家從來沒給你什麼開心的回憶嗎？」

「有啊，國中時有一次爸媽帶我去爬山，那天好開心。」

「什麼山？」

「忘了。」

「為什麼開心？」

「爸爸有跟我聊天，媽媽沒有情勒發作，一路上有說有笑，好開心。」阿魯說完，原本笑著的臉瞬間一沉，「這樣就開心到忘不掉，媽的真悲哀。」

身為最好的朋友，他的故事阿吉是了解絕大部分的，而且阿吉的房間是阿魯逃家時最好也是唯一的去處，他們會整晚聊天或是看漫畫不睡覺，直到清晨阿魯的媽媽發現他不在家後跑來按電鈴。

為了讓逃家的時間延長一點，他們試過去泡網咖，但是錢不夠；他們也試過去睡公園，但是蚊子實在太多；他們還試過去躲廟宇，但是那裡好多野狗；他們甚至試過去躲別的同學家，但別人家長不同意。

阿魯的童年就算不到悲慘，也算可憐。

他好想離開家裡，就算是一公里、五百公尺、一百公尺都好，有個自己能躲起來的地方，從此不必再回家，直到有天有人來通知他「欸，魯先生，你爸爸或媽媽死了」，他再回去收屍就好。

「到時，我會不會是笑著辦完後事的？」他這麼問過自己。

所以當阿魯考上大學離家住校的第一天晚上，他在宿舍頂樓高聲歌唱，唱到有人跟他拍手，還問他能不能點歌，那是他人生第一次覺得自己自由了，家對他來說像牢籠，離家後那些成長過程的傷痛都開始癒合。

寫書爆紅之後，阿魯開始辦簽書會，被記者採訪、被廣播跟電視邀請上節目，訪綱的題目時常問到他的家庭狀況、有沒有兄弟姊妹、爸媽從小對他的教育是怎樣的方式，又他以前在校成績如何……之類的。

「我沒有兄弟姊妹，是家中獨子。爸爸算是個成功的生意人吧，他對我想做的事提供全部的支持，包括金錢。我媽是全世界最關心我的人，從小爸爸生意忙，都是媽媽帶著我長大，媽媽怕我無聊，替我安排了很多補習班課程，我小時候成績很好，都是託媽媽的福，我有今天這樣小小的成就，除了出版社的幫忙和讀者們的支持，主要還是要感謝我的爸媽。」

阿魯不知道自己為什麼要說謊。

阿吉高中時談了一場戀愛，那個女生叫莓果。莓果的爸爸是警察局局長，媽媽是小學校長，姊姊是跆拳道國手，哥哥是職業棒球選手。

他們的職業都不一樣，個性觀念也都不一樣，但他們有一件事的想法是一樣的，就是不能接受莓果的男朋友是個北七。

其實這麼說阿吉有點不太公平，因為高中男生大部分都是北七，他們有些行為總是匪夷所思，有些想法總是天馬行空，有些審美總是五花八門，有些觀念總是歪七扭八。

但是阿吉追莓果的招式確實比較新穎，他去莓果家樓下吹薩克斯風，以阿吉的說法是，「我也不會別的，只會這個。」學校樂隊的首席薩克斯風手不是蓋的，一出手就因為影響社區安寧被鄰居報警。

但是莓果很吃他這套，她覺得阿吉很棒，吹薩克斯風時很帥，人很好，雖然北七但是很好笑，小女生大多是這樣的，男生只要會讓她們笑，別讓她們哭就好。

只是阿吉跟莓果是一段苦戀，處處被她的家人阻撓，阿吉姿態放得多軟都沒用，她的家人到後來對他盡是羞辱。

有一天晚上，阿魯照慣例逃家去找阿吉，兩個人正在挑選待會兒要看哪一塊A片光碟，這時門鈴響了，阿吉的媽媽開了門，門口站著莓果。

阿吉媽媽傻眼，跑下樓的阿魯也傻眼，跟在阿魯後面的阿吉更傻眼，因為莓果也逃家，出門前還化了妝，徒步的這一路上哭到滿臉通紅雙眼紅腫，把妝都哭花了。

阿吉抱著莓果時跟阿魯使了個眼色，他便知道今天阿吉的床是沒位置了，於是他又逃回自己的家，這種一次有兩個人逃來阿吉家的事情還是第一次發生，於是他給這次的事件取了個名字，叫雙逃。

真沒創意。

雙逃事件的後果很嚴重，因為莓果全家當場抓到莓果跟阿吉從他家一起走出來，他們要告阿吉誘拐未成年少女。阿吉的媽媽聽到動靜，從家裡跑出來跟他們發生爭執，一氣之下罵了髒話，也被他們提告公然侮辱。

阿吉不知道告一個未成年的男生誘拐未成年的女生是不是合理，他也不知道媽媽罵的那一句「去你媽的別碰我兒子」是哪裡有公然侮辱，他只知道莓果很傷心地抱著他大哭，卻不斷地被自己的家人拉扯，甩進車子裡。被關上的車門將他們兩人阻隔開來，這整個過程都很粗魯，連離開的引擎聲也很粗魯。

事後雙方家長在法院的調解委員會中達成和解，對方可以不提告，但他們必須分手。阿吉因為此事深受打擊，吉媽寵兒子習慣了，還買啤酒給他喝，「失戀就是要買醉！」然後開始唱起來，「買醉，是為了愛情不如意，一時才來想不開——」

「我發誓，我再也不想談戀愛了……幹……」阿吉邊喝酒邊哭著說。

那時候阿魯還沒談過戀愛，他對戀愛這件事有些憧憬，他不懂為什麼阿吉要發這種毒誓，會不會是因為啤酒很苦的關係？

事過多年，這事依然記在阿魯心裡。

阿魯的編輯儒育問他：「想好第二本書要寫什麼了嗎？」阿魯思考了一下，這次他打算賣阿吉的故事。

幾個月後，他的第二本書出版了，書名叫作《莓果之戀》。

阿吉說書名爛爆了。

但銷售量卻一樣賣爆了。

三

阿魯的爸爸生意垮了。

垮有很多種，垮一點點、垮一半、垮了大部分，跟全都垮光光，魯爸爸是最後一種。

剛開始垮的時候魯爸爸還想救，靠著人脈跟信用，東拼西湊了一堆錢再砸進去，結果洞愈填愈大救不起來，轉而開始資產保護但還是太晚，賠的賠，賣的賣，移轉的移轉，還是沒能止血。某天魯爸爸跟會計師、律師還有股東在家裡四樓開了一個會，從白天開到天黑，等到所有人都離開之後，魯爸爸走到他的酒櫃前，拿了一瓶麥卡倫三十年藍標來到阿魯跟魯媽媽面前，撕開封蓋，擰開蓋子，咕嚕咕嚕喝了幾口，然後冷冷地說：「這瓶酒市價二十萬，是我們家目前最值錢的東西了。」

可能算是老天爺有保佑，他們財產清算之後剩下一間小房子，權狀二十六．五四坪，附有一個車位，管理費每個月一千七含車位清潔費，當初魯爸爸是帶著現金來買的，一次付清，眼都沒眨一下，本來是買來收租的，現在卻是全家最後的根據，而且還得拿去貸款還錢，等於一切重來，八百萬的貸款，貸了二十年，每個月要四萬多塊。

「兒子，靠你了。」魯爸爸說。

「兒子，你要是不養我們，我們就死給你看。」魯媽媽說。

聽完這兩句話，阿魯一個人關在房間裡打開窗戶，整整抽了一包菸。

以阿魯的收入跟財力來說，他是可以輕鬆應付的。但是以阿魯的心力來說，用捉襟見肘四個字都還太寬裕，因為爸爸老闆當慣了，年紀也有了，做不了什麼工作；媽媽老闆娘當慣了，有錢人面子掛在臉上幾十年了，憂鬱症又三不五時跑出來跟大家打招呼，她若真的去工作，有麻煩的是老闆。

所以房貸之外，父母的生活費這下也全落到他身上，他可以但是他不想，因為魯爸爸從來沒帶他去上過學，魯媽媽對他根本長期精神折磨，做為他們的孩子，阿魯給父母打的分數是二十分。

「所以我能不能只盡二十分的孝道就好？」

「什麼是二十分的孝道？一百分是茹絲葵牛排館，二十分是維力炸醬麵的意思嗎？」

阿魯想了一下，「我不確定，我想我可能只是心有不甘。」

「不甘歸不甘，你有選擇嗎？」

「好像沒有。」

阿吉拍了拍他的肩膀，「那就喝酒吧。」

魯媽媽的社交圈是一群有錢人太太，那是「森林之王會」的闆娘俱樂部，身家沒個幾億也有個幾千萬，本來還能稍微平起平坐的魯媽媽現在連叫個下午茶都要考慮三分鐘。

但她可沒放棄，因為她是魯媽媽，面子永遠第一。

阿魯這段時間初期交了新女朋友，叫作阿卿。

阿卿是個外向的女孩子，身高一百七，體重五十七，該有的有，不該有的沒有，乾乾淨淨，穠纖合度，社交能力一流，分寸拿捏滿分，大眼睛小嘴巴，腦袋清楚又有幽默感，唱歌還給他有夠好聽。

阿魯在朋友的聚會中認識了阿卿，一見傾心。他沒有跟阿卿說他的職業，只用了很籠統的在出版社上班的說法唬弄過去，因為公開用小說家的身分把妹是作弊的行為，而且作弊還不一定能成功。

還好阿魯學識淵博，肚子裡有東西，阿卿欣賞聰明的男生，她對阿魯的好感累積得很快，交往之後，他們經常出去玩，車子一開就是環島一圈，臺灣環不夠再把車運到綠島蘭嶼金門馬祖繼續環，環到沒地方環了，就飛去國外。

在某次阿卿抬頭看星星的剎那間，阿魯第一次想結婚。

結婚耶天啊，這非同小可，畢竟要把人生後半段押在同一個人身上，跟在賭場裡押一把百家樂定輸贏是完全不一樣的，輸錢了再賺就好，輸了人生就算離了婚也無法把逝去的光陰找回來，很多事都來不及，也沒救了。

「見父母好嗎？」阿魯說。

「什麼？」

「我們來見雙方父母。」

「幹嘛？」阿卿原本靠在阿魯身上，立刻坐起身來。

「我們來確定最後一段路能不能一起走。」

「哪段？」

「婚前那一段。」

「你什麼意思？」

「太多人都在婚前那段談婚事的路途上崩盤，我想知道我跟妳會不會。」

「萬一崩盤呢？」

「我覺得不會。」

「萬一崩盤呢？」

「我覺得不會啊。」

「萬一呢？你回答我的問題。」

「為什麼妳覺得會？」

「你不要回問我，你只要回答我，萬一崩盤呢？」

「萬一崩盤，那就再等等。」

「你怎麼知道我願意等？」

「妳不願意？」

「我又怎麼知道你願意等？」

「我願意啊。」

「你連告訴我你是日光魚都不願意了，不是嗎？」

阿魯傻眼。

「你是那種在臉書發個文都可能會上新聞的人，你需要有點自知之明。」

「妳怎麼知道的？」

「妳知道多久了？」

「久到我根本不在乎你是誰，只想跟你在一起了。」

這話漂亮到阿魯直接暈翻。

他決定帶阿卿回家見父母，管他們說什麼，就算只是眉頭一鎖，他都會要求他們把皺起來的眉間紋熨平，他就是要把她娶回家。

「爸媽，我要帶女朋友回去，我們一起吃頓飯。」電話裡，阿魯這麼交代著。

魯爸爸面無表情，「隨便。」他依然什麼都不在乎。

魯媽媽緊張兮兮，「天啊怎麼這麼突然，我好久沒去做臉了，也沒新衣服穿了怎麼辦？」她依然只在乎她的面子。

同一天下午，魯媽媽她們闊娘俱樂部又聚會了，地點選在某五星級飯店的下午茶餐廳，聊的話題不脫那些誰的兒子多厲害、誰的女兒多棒、誰的先生又拿到什麼訂單，或是哪個名牌包包下星期要到臺灣。

魯媽媽一直想跟她們分享她優秀的小說家兒子今天要把女朋友帶回家來了，她待會兒得去洗個頭做個造型，然後逛個街買套新衣服才行，但是一直找不到機會插入話題。直到所有人結束了下午茶，離開了五星級飯店，卻在飯店隔壁的HONDA展售中心看見一輛今天剛發表的新車。

然後她們就團購了。

面子擺第一的魯媽媽當然不能輸人，她當下立刻加入團購的行列，即使她明知現在家裡沒有錢，這筆錢要跟兒子伸手要。

那天晚上魯家三人加上阿卿，在鐵板燒餐廳裡吃得開心聊得開心，魯爸爸覺得阿卿漂亮又聰慧，魯媽媽覺得阿卿屁股夠大應該能生個三隻小魯，阿魯本人很久沒跟父母這樣輕鬆無負擔地說話，加上他們對阿卿讚不絕口，他覺得這是人生的大轉變。

誰知道轉變在後面。

回家路上，魯媽媽提到她今天跟闊娘俱樂部聚會，阿魯嗅到一絲不太對勁的氣息，才剛下計程車，阿魯就直接問：「買了什麼？」

「一輛汽車。」

「蛤？」阿魯傻眼。

「蛤？」阿卿也傻眼。

「拎娘咧。」魯爸爸最傻眼，直接開罵，「妳以為現在家裡的狀況跟以前一樣嗎？」

眼看自己變成圍攻對象，魯媽媽直接爆氣，「現在是怎樣？只是買個車有必要凶成這樣嗎？大不了退掉而已啊。」

因為女朋友在旁邊，阿魯不想讓場面變得難看，他趕緊把爸媽帶回家。阿卿覺得這節骨眼直接離開好像也不太對，就跟上樓。家裡大門一關，架就吵起來了。兩個年輕人本來還只是聽，後來魯媽媽憂鬱爆炸，不只情緒勒索大絕全開，還開始詛咒全家，「我去死好了啦！我死了你們也不會太好過啦！」然後指著阿卿說：「妳嫁進來也一樣啦！」阿卿整個嚇傻在原地。

這不是魯媽媽第一次這樣了，拿計算機來算一算，應該有九千四百八十七次，阿魯從小到大都是被這樣精神凌虐的。他本來想說點什麼，卻忍不住打開工具箱抄起榔頭，在阿卿的尖叫聲中，他直接把這二十六．五四坪的小房子砸爛。

「幹拎！老師！去你！媽的！幹拎！鄒罵！要死！全都！一起！去死！」每砸一下，罵兩個字。巨大聲響驚動大部分鄰居，東西剛砸完警察就來了，為了怕事態擴大，阿魯被帶回警局冷靜，阿卿儘管全身害怕到發抖，還是從頭到尾陪著他。

記者應該是警察叫來的，在阿魯離開警局時，記者圍上去問他：為什麼要砸爛自己家？是不是跟家人的感情不好？之前說的自己很感謝家人是不是在說謊？是不是有什麼精神方面的疾病無法控制情緒？阿魯被問到再度失控，對著記者開狂暴，髒話狂飆，只差沒動手打人，記者跟攝影師最愛這種大場面了，新聞畫面全都錄，網路大力放送。

崩盤了，甚至還不用到談婚事的階段。

阿魯的爸爸讓她傻眼，阿魯的媽媽讓她更傻眼，讓她最傻眼的是阿魯本人，他可以失控到把他自己家給砸爛，還在一堆記者面前爆炸。

幾天後，阿卿傳簡訊提分手，阿魯只回了一聲「好」，就什麼都沒了。

婚事沒了、女友沒了、家人沒了、網友評論跟社會評價也沒了。

沒人知道他的悲慘，沒人理解他經歷了什麼，所有局外人都在努力地把快樂建築在他的痛苦上。

他打電話給阿吉，苦笑著說：「我還沒自殺，真佩服我自己，」

阿吉說：「太棒了，我們都有被人報警的紀錄了！真不愧是我兄弟。」

「幹你娘，你告訴我這棒在哪裡？」

阿吉笑笑地說：「你又有故事可以寫了啊。」

阿魯看著阿吉，「確定嗎？」這句其實是在問他自己。

於是當儒育問他，「下一本書有想法了嗎？」

阿魯說：「有，很血淚。」

儒育笑著說：「匪類？是一群爛朋友的故事還是犯罪類型？」

「幹，是血淚，不是匪類。」

「喔抱歉，我聽錯了。」

幾個月後，他的第三本書出版了，書名叫《壓抑》。

因為書名有點哲理跟心理相關，所以被書店歸類放在心理叢書的書架上。

賣得超爛，乏人問津。

四 ◀◀◀

阿卿覺得分手只是一種過程，人生還很長，兩個人相愛的時候都會有遺憾了，分手後就不要再拿遺憾來蓋心痛的高樓。所以阿魯的電話，她還是會接，阿魯約她吃飯，她還是會去，阿魯跟她說晚安，她還是會回。

阿魯說：「我們再繼續試試？」

她微笑說：「抱歉。」

事件過了幾個月，阿魯就失意了幾個月。

他的鬍子爬滿整張臉，頭髮動輒三五天沒洗，轉個頭就能聞到頭皮的臭味，洗澡也是拿沐浴乳隨便塗一塗，泡泡都還沒起多少就沖水了，累積兩個星期的髒衣服還沒丟到洗衣機，兩個星期前洗的還在烘衣機裡沒收起來，上個月的泡麵還在洗碗槽裡，蛆都已經跟蠶寶寶一樣大隻了。

阿吉幫他帶便當來的時候被一陣臭酸味薰到差點昏倒，走進他家一看，還以為剛剛有人拿原子彈轟炸過這片區域。

「哇靠你這是什麼狀態啊？不知道的人還以為你在守喪。」阿吉說。

「沒錯啊，我確實在守喪。」

「不會吧，」阿吉嚇了一跳，「誰死了？」

「我的愛情，和我的人生。」阿魯說。

「我以為是你爸媽，本來想恭喜你，想想好像不太對。」

阿吉說完，兩人對視，過了幾秒鐘，一起大笑起來。

阿魯當下真他媽想哭。

阿吉受不了阿魯家滿滿的臭酸味，於是打開阿魯住處大門試圖通風，然後搬了張椅子坐在門口，就這樣陪阿魯吃便當聊天。

「欸幹你不要坐在那裡，門不關蚊子會飛進來。」阿魯說。

「放心吧，蚊子進來會先被臭死。」

「好吧你說的對。」

於是阿吉離開之後，阿魯就索性不關門了。

阿魯住的地方是租的，一層樓有四戶，四戶都是同一個房東擁有。另外三戶租客回家，電梯門一打開就聞到酸味，皺著眉頭，一臉嫌棄地趕緊打開家門衝進去。他們集體向房東告狀，房東派了個代表來警告阿魯。

這天，代表來的時候，非常用力地按門鈴，阿魯穿著四角褲，裸著上身，一臉不在意地打開門。

代表上下打量了阿魯一番，「你再這樣的話，我們房子就不租給你了。」代表說。

「妳是哪位？」

「我是房東的女兒方小姐。」

「喔……」

「喔？你把我家房子弄成這樣，還臭到其他房客，結果你只有一聲『喔』？」

「抱歉啦，我最近狀態不太好……」

「你狀態好不好關我什麼事，你不要影響到別人啊，已經有房客跟我們說，如果你再不改善，他們就要搬走了。」

「好。」

「好，然後呢？」

「我會收拾。」

「什麼時候？」

「過幾天吧。」

「不行，現在。」

「蛤？」

「我不能再讓你影響到別的房客。」說著，方小姐逕自走進阿魯住處，直接動手幫他整理起房子。

阿魯已經邋遢好一陣子了，什麼吊嘎內褲的到處都有，地板的沙粒感清楚到像踩在沙漠，垃圾滿到蓋子蓋不起來，還有蟑螂在爬，看過的A片光碟也沒收，桌上還有一包一包打手槍用的衛生紙跟一瓶剩下一半的潤滑液。

他試著阻止方小姐繼續清掃，卻被方小姐喝斥後嚇退，只能用最快的速度，拿出一個超大垃圾袋，把所有他不希望方小姐看到的東西全都丟進去。

兩個人沒多久就把房子整理好了，方小姐拿出一瓶芳香劑到處噴，從他房間裡噴到大門口外的電梯間。

「噴好了，還你。」方小姐按了電梯。

「蛤？這是我的？」阿魯對這瓶芳香劑一點印象也沒有。

「對，我剛剛在櫃子裡拿的。」

「喔……好……」

「拜託你，不要再影響別人了，不然我爸真的會把你趕出去。」

「好……」

「如果你一個人影響到別的房客不租，我爸會覺得過意不去，在你來之前，他們都已經租好幾年了，我爸覺得他對房客有責任，但他年紀大了，身體不好，我不希望他操心這種事，所以請你幫幫忙，魯先生。」這時電梯來了，方小姐走了進去。

「好，我了解了。」

「就這樣，祝你寫書順利。」

「蛤？妳怎麼知道？」

「當時新聞很大啊，笨蛋。」

電梯門關上，樓層數字從上往下降到一樓，阿魯的臉從脖子往上紅到額頭。

一個暢銷作家被房東的女兒看到自己家髒到像大型蟑螂屋，而且自己還只穿著內褲，「幹拎娘超丟臉……」阿魯賞了自己一個耳光。

他走進浴室，好好地洗了澡，把滿臉的鬍子刮掉、很久沒剪的亂髮吹梳整齊，然後打開很久沒開的電腦，收了很久沒收的電子信箱。

他看到一封來自電影公司的信，是兩週前寄來的。

內容落落長，公司簡介一大堆，但主旨只有幾個字：「我們想找你來合作編劇。」

「我沒寫過編劇，我不會啊。」阿魯說。

「你沒寫過小說的時候，你也不會啊。」阿吉說。

「說的也是……」阿吉總是能輕易說服他。

「去吧，電影編劇耶，很屌啊！說不定我可以在電視上看到你走金馬獎紅毯，」說著，阿吉開始表演，「第九四八七屆金馬獎最佳原創劇本，得獎的是……咚咚咚咚咚……史上最白癡小說家，日光魚！」

阿魯配合著站了起來，用非常拙劣的表演，演出他感動到快要哭出來的表情，「謝謝！謝謝大家！」他朝著天花板跟櫥櫃揮手，想像那裡是滿場的來賓跟觀眾。

這段白癡級的假想演出，點燃了阿魯白癡級的夢想，他甚至有那麼一秒鐘覺得自己真的有機會去走金馬獎紅毯，他的心跳加快，他的心情澎湃。

然後，近一年的努力，他完成了故事大綱、角色人設、分場大綱和第一稿電影劇本，只拿到少少的七萬塊，就被電影公司以「不符預期」四個字給fire了。本來他還以為這是常態，而且是自己能力不足的問題。

結果幾個月後，他看見新聞，他寫的劇本已經確定拍成電影，新聞上的編劇名字不是他，而是那個出面把他fire的王八蛋。於是，他拿出手機的計算機，把七萬除以十二個月，得到月薪五八三三．三三三三……元的結果，看著這串數字，別說金馬獎了，要不是他還有書的版稅收入，五八三三這種薪水連金蘋果都喝不起。

他買了幾盒雞蛋，騎著摩托車來到電影公司，「去你！媽的！垃圾！公司！沒有！良心！祝你！倒閉！幹拎！娘咧！」每罵兩個字就丟一顆，辦公大樓管理員阿伯嚇到報警。

事後，這件事自然又上了新聞，電影公司「大方地」表示他們不會追究。

「為什麼要砸雞蛋不約我？」阿吉向阿魯抱怨著。

「我忘了。」

「這麼好玩的事竟然忘了我，我太傷心了。」

「我努力了那麼久的東西就這樣被偷了，我更傷心。」

編輯儒育知道阿魯對這件事耿耿於懷，「第四本書是不是要寫這個？」他問。

「我還能出書嗎？」

「為什麼不行？」

「上一本銷量爛成那樣，我還名聲掃地。」

「你只要不性侵不酒駕不吸毒，其他的都是小事。」

「確定？」

「真的啦，什麼時候交稿？」

「下個月。」

幾個月後，他的第四本書出版了，書名只有一個字——《賤》。

這本書因為影射了太多事，有人護航有人撻伐，但更多的是把他過去上新聞的那些爛事搬出來繼續嘲諷，還有記者去堵他爸媽採訪，「事件發生後，日光魚有回過家裡嗎？有跟你們說過什麼嗎？你們的關係還好嗎？」

不好啊怎麼會好，就跟書的銷量一樣，不會好了。

五

阿魯算是ＧＧ了。或者應該說是日光魚。

他連去買個早餐都會有人賞他白眼。

有一天，阿魯收到一封信，不是電子的，是紙本，郵差送來的。

寄件人的地址是嘉義縣一個鄉下地方，寄信人署名柚子。

柚子的字有些潦草，但圖卻畫得很好，他畫了阿魯的畫像，是一幅素描。阿魯認出這張素描是他在一個雜誌專訪裡面的照片，那是他出第一本書的時候，已經是幾年前的事了。

素描下方，柚子只寫了五個字：「我懂你　柚子」

從儒育那邊拿到信的時候，阿魯以為這同樣只是讀者來信，並沒有特別在意，但當他晚上一個人在陽台抽菸並打開這封信時，他卻被這封信深深感動。

「我懂你」。

這世上誰懂他呢？或許阿吉算是一個，然後呢？沒了，他再也想不到第二個，甚至他連父母親都沒想到，他壓根不認為父母親懂他。

於是他開始好奇，一個不認識的人，用心畫了一張自己的畫像，只寫了「我懂你」三個字，他到底是根據什麼來判斷的？看過我所有的書嗎？這樣就能判斷嗎？他是真的懂嗎？就算是真的，他又懂多少呢？

照著那個寄件地址，阿魯來到嘉義縣，花了一千多塊的計程車資，找到了地址所在地，就在好多魚塭旁邊，一個小小的破舊三合院，門口有兩隻貓，院埕裡有幾隻雞在散步，三合院的廳裡，坐著一個阿公，年紀應該很老了。

他向阿公打招呼，阿公也跟他點點頭，他問阿公，「請問，柚子在嗎？」阿公沒有反應，他又問了一次：「請問柚子在嗎？他是不是住在這裡？」阿公一樣沒反應，阿魯不知道怎麼辦，想找鄰居問問，但是放眼望去，都是魚塭工寮，沒有一戶人家，這裡是至少方圓數百公尺唯一的一戶了。

他只能等。

因為這裡一定叫不到車，也沒有便利商店，更不可能有咖啡廳可以耗時間。就這樣等了兩個小時，他看見遠遠有個人騎著腳踏車過來，更近一點看，是個短髮的女孩子。

原來，柚子不是他，是她。

「天啊！」柚子一看見阿魯立刻驚叫，「你是日光魚！」

「妳好，柚子嗎？」

「對！天啊！」

「我收到妳的信，因為有些事很好奇，所以我來了。」

「喔！天啊！」

「不好意思這麼突然，希望沒造成妳的困擾。」

「不會！天啊！」

柚子就這樣天啊天啊天啊了好久，直到她恢復冷靜。

柚子翻遍了家裡，拿出一瓶上面滿是灰塵的津津蘆筍汁招待阿魯，柚子用衣服擦了擦，「抱歉，我家只有這個了。」她說，「請你先等一下，我先忙一下阿公的事。」

「阿公怎麼了？」

「阿公病了，聽不見，也說不出話，這幾天還感冒，我剛剛就是去藥局買藥。」柚子說，邊說邊身手俐落地服侍著阿公。

等到柚子忙完，阿魯向她表明來意，關於那句「我懂你」。

柚子一聽，笑了，「我只是覺得，有些你嘻嘻哈哈寫出來的東西，其實是你最痛苦的段落。」

柚子說，她的父母很年輕就生下她，他們沒有當父母的打算，當了父母之後更確定自己不想當父母，所以把她丟在阿公阿嬤家不管，直到她現在十七歲，只看過爸媽兩次，而且還是分開見的，一人一次，相處時間相加起來十一分鐘。

「十一分鐘，相加十一分鐘耶，天啊比我大便時間還短。」她說。

阿公阿嬤把她養大，幾年前阿嬤過世了，阿公也病了，她本來在蔦松藝術高中念書，為了照顧阿公也沒辦法去上學了，阿公得了一種很難醫治的病，健保沒有給付，藥很貴，一個月要打一次藥，打一次要住院三天，阿嬤的身故保險金所剩無幾，現在就是船到橋頭自然直的狀況，時到時擔當。

阿魯的書都是她在學校圖書館借來看的，她喜歡阿魯寫的東西，她覺得看到自己。她也很喜歡寫作，她也幻想過有一天可以當作家，或是畫家。她會畫阿魯的畫像，是因為前陣子撿回收去賣的時候撿到一本雜誌，封面記有日光魚的訪問，她就把那本雜誌帶回家，看完之後就想畫幅畫送他，感謝他的書陪她很長一段很孤單無助的時間。

「我有時候也會寫東西抒壓，我也會嘻嘻哈哈講那些我很難過的事，好像這樣就比較不會痛。」柚子說。

晚餐時間到了，柚子要去煮飯給阿公吃，阿魯向她道別，婉拒了她請他留下吃飯的邀請，表面上他說要趕車回臺北，其實是他有些被看穿的脆弱正在崩塌。

因為叫不到車，他走了好長一段路，好幾個小時，直到燈火比較通明的地方，一輛計程車停在路邊等客人，計程車司機正在抽菸。

「高鐵站。」阿魯說。

「八百喔！」司機說。

「我給你一千，你開快點。」

「好喔！」司機開心地跳上車。

不知道為什麼，阿魯有些驚慌感，或者說是不安感，他想快點離開這個地方。

柚子這孩子很可怕，她輕描淡寫說出一些他可能再十年都寫不出來的句子，她輕輕鬆鬆看穿紙張背後那個在打字書寫的自己，而且一箭穿心。

回到家已經半夜，阿魯把自己疲憊的身軀丟到沙發上，腦袋卻史無前例地高速運轉，他想到柚子說的話，幾乎每一句都是震撼，他從沒想過自己的存在對別人來說是重要的，尤其對方甚至是個陌生人。

然後他開始覺得丟臉，因為柚子一定看過他那些上新聞的鳥事，同時他又開始覺得自己很悲哀，都幾歲了，竟然還會有那些失控的表現。然後他想起阿卿說的，「你是那種在臉書發個文都可能會上新聞的人，你需要有點自知之明。」

而他沒有，一點都沒有。

然後他開始沮喪，老天爺給他一個爆紅的機會，然後他親手搞砸了，那些鳥事一定有更完美的處置方式，但他卻用最糟的方式，親手把自己毀掉。最後他開始哭泣，他心如刀割，他痛得要死，他哭到無法呼吸，換氣都要用盡全身力氣，他開始試著一邊哭還一邊笑，因為嘻嘻哈哈比較不會痛。

他把頭埋進抱枕，而且試圖悶死自己。

然後他累了，睡了，做了一個夢。

夢裡他依然是暢銷小說家，而且家庭和睦，爸爸對他很關愛，媽媽沒有憂鬱症，阿卿是他太太，阿吉是他經紀人，他沒有發生過那些鳥事，他上新聞都是神采奕奕的，他不只寫書還寫劇本，入圍金馬獎走上了那個紅毯，沒有人偷他的故事，他被業界稱為「那個賣故事的人」。

隔天起床，夢的餘韻繚繞，他好久沒有這麼想寫故事的衝動，他連牙都還沒刷就拿起電話想打給儒育，卻發現儒育的未接來電有三十幾通。

他回撥回去，一接通他就劈里啪啦說了一大堆話，「儒育你聽我說，我知道我前面兩本書砸了，但我有信心，昨天我去見了一個小朋友，她無意間給我上了一課，我知道自己的方向了，我現在有好多故事想說，我很快就可以再給你稿子，你可以幫我跟出版社說一下，再幫我出一本好嗎？再給我個機會。」

這時儒育終於有機會開口。

「你媽昨天晚上燒炭，他們走了。」

六

我是儒育，日光魚的編輯。

算是阿魯的，半個朋友，和半個工作夥伴。

前面那些，是我在阿魯用來交稿的網路硬碟上找出來整理的。

上面一共有幾十萬字的累積，全部整理起來至少有七本書的量，編輯的工作就是把作者的文字整理到能交到讀者手上的程度，所以我會把這件事做完，因為他有交代我一些事情，我必須幫他完成。

他在辦完父母的後事之後，把自己關在家裡整整三個月。他說，他有東西要寫完，請我們幫幫忙，他不想出門，除了睡覺，他只想不停地寫。那段時間，我跟阿吉兩個人輪流給他買飯送去，他的狀態比上一次糟，家裡比上一次髒，人比上一次臭，我跟阿吉最後都是在門口把飯交給他就走，他說家裡太髒了，不讓我們進去，也拒絕我們幫忙收拾。

那天阿吉打電話給我，還沒說話之前，他嘆了一口氣。

那是一聲我這輩子聽過最悲傷的嘆氣。

他站在阿魯家門口，手裡拎著便當，照慣例用鑰匙打開門，但裡面沒有人，有張顯眼的紅色廣告單，齊齊整整地放在地上，用阿魯呈現關機狀態的手機壓著，上面只有四個字——

我不懂我。

阿魯曾經寫過，「最完美的死亡，是沒有任何人知道你去哪裡，包括地獄。」

我請阿吉報警，同時我在出版社臉書粉專上發文，請廣大讀者協尋阿魯。記者幾個小時後就發了新聞，「知名作家日光魚疑似失蹤，出版社發文協尋」，然後新聞底下的留言依然毒舌到不堪入目。

「炒新聞？」

「又要出新書了吧？」

「這次要砸誰家？」

「寫那什麼爛書誰要看？」

我不知道他是不是去了地獄，但會不會人間其實就是地獄？

警察查看了幾千支的監視器，只見他最後走進山裡。警察問阿吉，為什麼他會走進山裡，阿吉不知道；警察問我，我也不知道。旁邊一個警察搭腔，「你們看不出來，他就是不想被找到嗎？」

「怎麼說？」

「因為山裡沒監視器啊。」

聽完這句話，所有人都沉默了。

阿吉罵了一聲幹之後走出警察局，在門口點了一根菸，然後又罵了一聲幹，接著再罵一聲、兩聲、三聲、拉長音，拉到破音，拉到他失聲。

「最完美的死亡，是沒有任何人知道你去哪裡。」

後來警察跟搜救隊發動搜山，總共動員一千多人次，到現在已經四個月了，搜山行動也早就停了，阿魯還是沒被找到。

於是，我依照阿魯在網路硬碟裡的要求，替他完成以下的工作。

儒育，抱歉總給你添麻煩，這是最後一次麻煩你了。

只是事情有點多，再請你多擔待。

第一，麻煩幫我跟阿卿說聲，我從來沒對她說過的，我很抱歉。

第二，我的父母都撒在海裡了，如果方便，去海邊時幫我丟顆橘子，他們愛吃橘子。

第三，二十六．五四坪的房子，我寫好委託書了，在我的抽屜裡，幫我賣掉，錢還給銀行，剩下的全都給柚子，讓她去給阿公治病。

第四，我所有版稅，包括將來的，全都捐出去，捐給誰，由你決定。

第五，幫我請人來清掃我租的地方，然後把所有傢俱跟家電都換新的，跟方小姐說聲抱歉，房子完整地還給人家。

第六，我的臉書粉專密碼是××××××××，幫我發個文，向所有讀者說聲謝謝。

第七，幫我跟阿吉說聲謝謝。

第八，幫我向你自己說聲謝謝。

第九，我的第五本書，書名要叫《賣故事的人》，賣不到一萬本的話，就不用再整理我的網路硬碟了。

《賣故事的人》上個月出版了，到現在已經再版七十七刷。

阿魯賣得最好的故事，是他自己的故事。

但他去哪裡？沒人知道。

國家圖書館出版品預行編目資料

賣故事的人 / 吳子雲 著. -- 初版. -- 臺北市 : 商周出版, 城邦文化事業股份有限公司出版 : 英屬蓋曼群島商家庭傳媒股份有限公司城邦分公司發行, 2024.06

面； 公分.

ISBN 978-626-390-141-4（平裝）

863.57 113005850

線上版讀者回函卡

賣故事的人

作者 / 吳子雲
企畫選書 / 楊如玉
責任編輯 / 楊如玉

版權 / 吳亭儀
行銷業務 / 周丹蘋、林詩富
總編輯 / 楊如玉
總經理 / 彭之琬
事業群總經理 / 黃淑貞
發行人 / 何飛鵬
法律顧問 / 元禾法律事務所　王子文律師
出版 / 商周出版
城邦文化事業股份有限公司
台北市南港區昆陽街 16 號 4 樓
電話：(02) 2500-7008 傳真：(02) 2500-7579
E-mail：bwp.service@cite.com.tw
發行 / 英屬蓋曼群島商家庭傳媒股份有限公司城邦分公司
台北市南港區昆陽街 16 號 8 樓
書虫客服服務專線：(02) 2500-7718・(02) 2500-7719
24 小時傳真服務：(02) 2500-1990・(02) 2500-1991
服務時間：週一至週五 09:30-12:00・13:30-17:00
郵撥帳號：19863813　戶名：書虫股份有限公司
讀者服務信箱 E-mail：service@readingclub.com.tw
歡迎光臨城邦讀書花園　網址：www.cite.com.tw
香港發行所 / 城邦（香港）出版集團有限公司
香港九龍土瓜灣土瓜灣道 86 號順聯工業大廈 6 樓 A 室
電話：(852) 2508-6231　傳真：(852) 2578-9337
E-mail：hkcite@biznetvigator.com
馬新發行所 / 城邦（馬新）出版集團 Cité (M) Sdn. Bhd.
41, Jalan Radin Anum, Bandar Baru Sri Petaling,
57000 Kuala Lumpur, Malaysia
電話：(603) 9057-8822　傳真：(603) 9057-6622

封面設計 / 兒日設計
版型設計 / 鍾瑩芳
內文排版 / 新鑫電腦排版工作室
印刷 / 高典印刷事業有限公司
經銷商 / 聯合發行股份有限公司
電話：(02) 2917-8022　傳真：(02) 2911-0053
地址：新北市231新店區寶橋路235巷6弄6號2樓

■2024年6月初版
■2024年8月14日初版5刷

Printed in Taiwan
城邦讀書花園
www.cite.com.tw

定價 350 元

ISBN 978-626-390-141-4（平裝）